Wolfgang Ecke

Ein Gauner spielte Mundharmonika

Mit Zeichnungen
von Hansjörg Langenfass

Otto Maier Verlag Ravensburg

Originalausgabe

Umschlagentwurf und Illustrationen: Hansjörg Langenfass

Gesamtherstellung: Ebner Ulm
Printed in Germany

5 4 3 2 1 85 84 83 82 81

ISBN 3-473-38650-2

Ravensburger Taschenbücher · Band 650

Wolfgang Ecke

Sein Name ist zu einem Begriff geworden für spannende Unterhaltung. Er hat mittlerweile das dritte „Goldene Taschenbuch" für drei Millionen verkaufte „Ravensburger Taschenbücher" erhalten.

Wolfgang Ecke über seine Kriminalgeschichten:

„Ich behaupte, es gibt keinen Kinder-Krimi! Es gibt nur Kriminalgeschichten, die als Lektüre für Kinder geeignet sind; wobei es unbedeutend ist, ob sie eigens für Kinder geschrieben wurden."

Wolfgang Ecke über sein Leben:

„Geboren dort, wo Karl May starb: in Radebeul, und zwar am 24. November 1927. Schulbesuch, da Pflicht. „Sehr gut" in Deutsch und Geographie. Alle übrigen Zensuren nicht überlieferungswürdig. Mit 13 Jahren in ein militärisches Internat. Außer Marschieren und Strammstehen auch Klavier, Schlagzeug und Fagott gelernt. Gelungener Versuch, den Krieg unbeschadet zu überleben. Danach Hochschule für Musik und Theater in Dresden. Bereits 1946 aus politischen Gründen von der Hochschule relegiert. Häufiger Wechsel der Geographie und der Berufe."
Heute ist Wolfgang Ecke ständiger Mitarbeiter bei vielen europäischen Radiostationen.
Er schrieb bisher einige Hundert Hörspiele, von denen unzählige, ebenso wie ein Großteil seiner über vierzig Bücher, in viele Sprachen übersetzt wurden.

In den Ravensburger Taschenbüchern sind neben mehreren Einzeltiteln bisher folgende Serien von ihm erschienen:

Wer knackt die Nuß?
Perry Clifton
Club der Detektive
Club der Detektive – Geschichten auf englisch
Wolfgang Ecke's Kriminalmagazin
Tom Knall und die Libelle

Club der Detektive Band 9

Inhalt

Schwierigkeitsgrad der Fälle: * leicht
** mittelschwer
*** schwer

nr. 1 Ein Gauner spielte Mundharmonika

Dunst- und regenschwer war die Nacht, die den 11. vom 12. November trennte. Eine Nacht, in der auch die gern über das Wetter philosophierenden Optimisten lieber zu Hause blieben. Und wer jetzt wirklich noch zu Fuß unterwegs war, der war es wohl mißmutig und gesenkten Hauptes.

Anders dagegen die Gestalt, die, ins Dunkel der Toreinfahrt gedrückt, keinen Blick von der eleganten Villa im Hintergrund des Gartens ließ. Vor zehn Minuten erst waren die Lichter ausgegangen.

Bewegungslos verharrte der Beobachter, erregt von seinem Vorhaben, erhitzt von der Vorstellung des Erfolges.

Er, der hochgeschätzte, ehrenwerte junge Mann, dem man eine steile Karriere als Anwalt vorausgesagt hatte, stand in einer kalten, nassen Novembernacht und war drauf und dran, ein Verbrechen zu begehen, das, ertappte man ihn, seine Zukunft vernichten würde wie Feuer ein Blatt Seidenpapier.

3 Uhr ...

Langsam, sorgsam tastend, überstieg er den zwei Meter hohen Eisenzaun. Er wußte, daß weder Hund noch Alarmglocken sein Eindringen melden würden. Er zwang sich zu Ruhe und Besonnenheit und vermied jede Hast.

Gebückt umrundete er das große Haus und steuerte dem Fenster zu, hinter dem sich die Speisekammer befand. Je-

ner kleine, kalte Raum an der Nordseite, dessen Riegel er am Abend zuvor aufgedreht hatte.
Nun kam es darauf an. Alles hing davon ab, daß niemand das offenstehende Fenster bemerkt und dessen Zustand korrigiert hatte.
Das Schlucken machte dem Eindringling Schwierigkeiten. Trotz der feuchten Luft war sein Hals vor Spannung und Aufregung trocken wie ein unbenutzter Schwamm. Er hielt den Atem an, als er behutsam gegen die Scheibe drückte. Und er hauchte die angehaltene Luft befreit und erleichtert aus, als das Fenster mit einem leisen Knarren nachgab.

Professor Dr. Eric van Takkelar gehörte zu den erfolgreichsten Amateur-Archäologen des Landes.
Allerdings hatte er jahrelang als Mathematiker gearbeitet, bevor er sich endgültig den Geheimnissen der Vergangenheit zuwandte. Manche, in erster Linie Neider, nannten ihn auch einen Abenteurer, der kein finanzielles Risiko scheue, um seinen persönlichen Reichtum zu mehren. Doch heute, unmittelbar nach seinem größten Triumph, war er verzweifelt wie noch nie zuvor in seinem Leben. Stumm, voller Entsetzen, saß er Kommissar Vancalden gegenüber. Das Feuer in seinen Augen war erloschen, sein Gesicht wirkte grau und verfallen. Und ein ums andere Mal wiederholte er murmelnd den Satz: „Sie müssen mir helfen, Herr Kommissar ..." Seine sonst so temperamentvolle Stimme klang, als käme sie selbst aus einer längst versunkenen Welt. „Sie müssen mir helfen, Herr Kommissar ..."
Vancalden erhob sich. Vielleicht eine Spur zu laut und zu energisch rief er: „Das will ich gern tun, Herr Professor,

aber ich brauche Ihre Mitarbeit. Ich brauche Details und Informationen. Es hat wenig Sinn, wenn Sie sich so gehenlassen. Bitte versuchen Sie sich zu fassen und zu konzentrieren!"

Van Takkelar sah auf. Halb erschrocken, halb verständnislos musterte er den Kommissar, der ihm nun aufmunternd zunickte und fast beschwörend sagte: „Wir müssen zusammenarbeiten, wenn wir Erfolg haben wollen, Herr Professor!"

Und wirklich: Langsam kehrte Leben in van Takkelars Augen zurück. Und mit einer um Entschuldigung bittenden Geste sagte er: „Tut mir leid, wenn ich abwesend war. Aber ich habe über vier Jahre an der Entschlüsselung gearbeitet . . ."

Vancalden legte ihm die Hand auf die Schulter. „Ich werde Ihnen helfen. Doch lassen Sie mich noch einmal auf die geraubten Papiere zurückkommen. Um was genau handelte es sich hierbei?"

„Um den Lageplan eines Schatzes, Herr Kommissar."

Es bereitete Vancalden Mühe, seine Enttäuschung nicht sichtbar werden zu lassen. Lageplan eines Schatzes! Sollte er das wirklich ernst nehmen? Buchtitel wie „Der Schatz im Silbersee" und „Die Schatzinsel" fielen ihm ein, bevorzugte Lektüre seiner Jungenjahre. Sprach ein Professor dagegen von geheimnisvollen Schätzen, kam ihm das unwirklich und verstiegen vor.

Doch van Takkelars Stimme klang jetzt fest und keineswegs verträumt: „Vor gut viereinhalb Jahren beteiligte ich mich an der Hebung einer spanischen Galeone vor der südamerikanischen Küste bei Chimbote. Nach wochenlangen Vorarbeiten gelang es uns, das Schiff zu bergen. Doch statt des erwarteten Goldes fanden wir nur einen leeren Schiffsrumpf, der als einzige Beute ein paar wasserfeste

Schiffskisten freigab. In diesen Kisten entdeckte ich Pergamente, Briefe, Aufzeichnungen und einen Lageplan. Aus den Aufzeichnungen war zu entnehmen, daß die Schiffsbesatzung aus Meuterern bestand, die eine Ladung Gold und Schmuck gestohlen und an Land vergraben hatten. Vor wenigen Tagen erst bin ich hinter das Geheimnis der ungefähren Fundstelle gekommen." Van Takkelar trat ans Fenster und sah hinaus. Als er sich wieder Vancalden zuwandte, war seine Stimme voller Bitternis: „Im Überschwang meiner Freude über den Erfolg, lud ich gestern abend ein paar Freunde ein. Freunde, Kommissar! Man kann mit diesem Wort gar nicht vorsichtig genug umgehen. Ich ließ sie auch einen Blick auf die alten Dokumente werfen und verriet ihnen, daß ich sicher sei, anhand der entschlüsselten Pläne die vergrabene Goldladung zu finden. Wir blieben bis fast 1 Uhr zusammen, heute nacht. Als ich gegen 8 Uhr aufstand, entdeckte ich, daß mein Sekretär aufgebrochen und sämtliche Papiere verschwunden waren."

Vancalden, der aufmerksam zugehört und sich hin und wieder Notizen gemacht hatte, wollte jetzt wissen: „Könnte der Dieb mit den Papieren denn etwas anfangen?"

„Zusammen mit dem, was ich erzählt habe, gehört keine überragende Intelligenz dazu, den Platz in Peru zu finden. Die Planskizze, die ich gefertigt habe, und die dem Dieb ebenfalls in die Hände gefallen ist, zeigt den Lageplatz des Goldes bis auf etwa hundert Meter genau an."

„Und wie hoch schätzen Sie den Wert des versteckten Goldes?"

Professor van Takkelar zuckte ein wenig ratlos mit den Schultern. „Ich kann Ihnen wirklich nur mit einer groben Schätzung dienen, und zwar nach dem augenblicklichen

Metallwert: Er dürfte in der Größenordnung zwischen fünfzig und fünfundsiebzig Millionen liegen."
Vancalden zeigte, daß er beeindruckt war. „Dafür würden eine Menge Leute ihr eigenes und das Leben anderer aufs Spiel setzen!" sagte er. Und weiter: „Wenn ich Ihre Worte von vorhin richtig deute, dann sind Sie der Meinung, daß der Dieb unter Ihren gestrigen Gästen zu suchen ist. Richtig?"
Van Takkelar nickte. „Lassen Sie es mich so formulieren: Ich habe einen Verdacht. Einen Verdacht, der sich gegen Jeremias Colmann richtet. Er ist der Sohn eines alten, verstorbenen Freundes. Ich sah ihn heranwachsen und verfolgte seine Entwicklung bis zum heutigen Tag. Er hat eine Rechtsanwaltspraxis."
„Und worauf gründet sich Ihr Verdacht?"
Der Professor erhob sich, ging zur Tür und rief etwas. Wenig später betrat ein weißhaariger Mann in gestreifter Weste das Zimmer. „Mein Butler Felix!" stellte van Takkelar vor. „Felix, bitte berichte dem Kommissar deine Beobachtung!"
Der alte Mann wandte sich mit einer Verbeugung Vancalden zu. Mit etwas zittriger Stimme kam er der Aufforderung nach: „Ich schließe im Winter jeden Tag um acht Uhr abends die Fensterklappe der Speisekammer. Gestern auch. Gegen Mitternacht, ich war gerade in der Küche, hörte ich die Tür."
„Die Tür der Speisekammer?"
»Ja. Sie knarrt ein bißchen. Ich sah, wie Herr Doktor Colmann die Speisekammer verließ."
„Sah dieser Sie auch?"
„Nein, er drehte mir den Rücken zu. Bitte, Herr Kommissar, ich muß zugeben, daß ich mir nichts weiter dabei gedacht habe. Schließlich verkehrt Dr. Colmann bereits

seit seiner Kindheit hier im Haus. Ich nahm an, daß er sich etwas geholt hatte. Heute morgen nun bemerkte ich, daß das Fenster der Speisekammer offenstand. Das ist alles."
„Hat Dr. Colmann Ihnen gegenüber seinen Ausflug in die Speisekammer erwähnt oder motiviert, Professor?"
„Weder noch!"
„Natürlich könnte das Fenster auch von einem der anderen Gäste entriegelt worden sein."
„Die anderen drei Herren sind durchweg über fünfundsechzig Jahre. Und das Fenster befindet sich fast zwei Meter über dem Erdboden."
„Mein Einwand bedeutet nicht, daß der Einsteiger selbst zu Ihren Gästen gehörte. Aber er könnte einen Komplizen gehabt haben. Nun, die Spurensicherung wird uns mit Sicherheit ein paar Rätsel lösen helfen. Bitte schreiben Sie mir alle Namen und Adressen Ihrer gestrigen Gäste auf, Herr Professor."

Fast sah es aus, als solle sich der Fall noch am gleichen Tag abschließen lassen. Es begann damit, daß der Spurensicherung zwei ausgezeichnete Gipsabdrücke der mutmaßlichen Täterschuhe gelangen. Mit diesen, einem Hausdurchsuchungsbefehl und zwei Beamten machte sich Kommissar Vancalden auf den Weg zu Dr. Jeremias Colmann. In den kombinierten Wohn- und Praxisräumen des alleinstehenden Anwalts trafen sie nur dessen Sekretärin an. Von ihr mußten sie sich sagen lassen, daß Dr. Colmann bei einem Klienten sei. Mit Einzelheiten jedoch konnte oder wollte sie nicht dienen.
Noch während Vancalden überlegte, ob er Großalarm auslösen sollte – schließlich bestand die Gefahr, daß sich der Anwalt bereits abgesetzt hatte –, wurde ein Schlüssel ins Schloß geschoben.

Colmann schien bester Laune, die sich jedoch, nach Konfrontierung mit der Durchsuchungsorder, innerhalb weniger Sekunden ins Gegenteil verkehrte.
Und dann schien die Sensation perfekt: In einem Karton auf dem Balkon fanden die Beamten die zu den Gipsabdrücken passenden Schuhe.
Von diesem Augenblick an schwieg Jeremias Colmann.
Die Suche nach den unersetzlichen Papieren van Takkelars allerdings blieb erfolglos. Obgleich sie keinen Quadratzentimeter in Wohnung und Praxis übersahen, blieben die wertvollen Dokumente unauffindbar.
Während Colmann abgeführt wurde, blieb Kommissar Vancalden allein zurück.
Er setzte sich an den Schreibtisch des Anwalts und versuchte, hinter dessen Geheimnis zu kommen. Wo hatte Colmann die Papiere versteckt? Eine innere Stimme sagte ihm, daß der Schlüssel hier in diesem Raum zu finden war. Immer und immer wieder ließ er Einrichtung und Gegenstände vor seinen Augen Revue passieren. Die riesige Weltkarte an der Wand . . . sehr ungewöhnlich für einen Juristen. Der ausladende Schreibtisch mit dem großen Globus darauf und den zahllosen Stapeln von Broschüren, Zeitungen und Heften. Die linke Wandseite mit etwa tausend Büchern. Die Ledersessel, der Schrank mit der eingebauten Bar, die Topfpflanzen und der abgetretene Smyrna auf dem Boden. Als er ging, versiegelte er die Haustür . . .

Zwei Wochen später.
An Dr. Jeremias Colmanns Strategie hatte sich nichts geändert: Er schwieg. Jede Frage, jede Feststellung, Anschuldigung, Ermahnung und jedes Angebot quittierte er mit ausdruckslosem Schweigen.

Sprach ihn jemand außerhalb des Vernehmungszimmers an, nickte er freundlich, sagte ja oder nein – selten mehr. Nach langen Beratungen zwischen Kommissar Vancalden, Dr. Hoorn, dem Direktor des Untersuchungsgefängnisses, und Staatsanwalt Heltemon schlug Vancalden eines Tages vor, sich einer der umstrittensten und unpopulärsten Methoden zu bedienen, um Colmann zum Reden zu bringen: Man solle den uralten Polizistentrick anwenden und dem diebischen Anwalt einen Spitzel in die Zelle geben.

„Ich weiß nicht . . .“ Der unvollendete Satz drückte Dr. Hoorns Unbehagen aus.

„Glauben Sie wirklich, daß der clevere Anwalt auf einen anderen Ganoven hereinfällt?“

„Ich dachte jetzt, obwohl es Ihre Fragestellung nicht konkret berührt, an keinen anderen Ganoven . . .“

„An wen dann?“ wunderte sich Hoorn, der den Posten des Direktors erst seit wenigen Monaten innehatte.

„An einen Beamten, einen von uns.“

„Haben Sie einen bestimmten im Auge?“ wollte Heltemon wissen.

„Ja, Joop ten Belten, den Musikus. Ich habe ihn vor Jahren schon einmal mit Erfolg in eine Schmuggelgang eingeschleust. Er beherrscht Colmanns Methode übrigens ebensogut.“

„Was meinen Sie damit?“

„Er kann schweigen, Doktor!“

„Und warum nennen Sie ihn Musikus?“

„Seit seinem eigenen Mißgeschick geht und schläft er mit seiner Mundharmonika.“

Der Staatsanwalt schien in seiner Erinnerung zu kramen. „Joop ten Belten . . . irgendwo eckt dieser Name in meinem Gedächtnis an“, murmelte er.

Vancalden nickte: „Ich will Ihnen helfen: Er ist der gleiche Mann, der irrtümlich vor vier Jahren vor Gericht gestellt wurde, weil er angeblich jemanden erpreßt hatte."
Der Staatsanwalt schlug sich vor die Stirn. „Stimmt. Die Geschichte mit dem Bauunternehmer, der aus Rache die Erpressung erfunden hatte."
„Ten Belten verbrachte drei Monate in Untersuchungshaft."
„Aber anschließend wurde er doch voll rehabilitiert."
„Ja", stimmte Vancalden mit einem ironischen Zug um den Mund zu, „nachdem ihn alle Zeitungen als den größten Gauner betitelt hatten."
„Wo ist er jetzt?"
„Er arbeitet in der Rauschgiftfahndung an der Grenze."
„Glauben Sie denn, daß sich dieser Mann gewinnen läßt?"
Dr. Hoorn hegte sichtlich Zweifel.
„Ich bin sicher, daß ich ihn dazu überreden kann."
„Und wann?"
„Ten Belten trifft im Laufe des späten Nachmittags hier ein. Ich sage Ihnen morgen früh Bescheid, wie es weitergeht."

Joop ten Belten, ein gutaussehender Mann von 36 Jahren, saß seit etwa einer Viertelstunde Kommissar Vancalden gegenüber. Das Beherrschende in seinem ernsten Gesicht waren die Augen, in denen jetzt, nach kühler Zurückhaltung, Interesse und Spannung die Oberhand gewannen.
„Ich darf rekapitulieren: Meine Aufgabe soll es sein, dem Untersuchungshäftling Colmann das Versteck gewisser Papiere zu entlocken."
„Stimmt!"
„Und dieser Colmann ist von Beruf Rechtsanwalt."

„Ja! Allerdings einer mit einem noch minimalen Klientenkreis."
„Er stahl die Papiere, bei denen es sich um archäologische Aufzeichnungen handelt, einem Professor namens Eric van Takkelar. Gibt es darüber Informationen, warum ein Rechtsanwalt ohne archäologische Ambitionen derartige Papiere stiehlt? Hatte er ein persönliches Interesse, diesem Professor zu schaden? Welches ist sein Motiv?"
„Sagen wir – Gewinnsucht!"
„Das müssen Sie mir erklären. Was kann er mit alten Papieren gewinnen? Rechtfertigt es den Diebstahl an einem väterlichen Freund, so formulierten Sie doch, Kommissar?"
Vancalden nickte. „Das Kernstück des Diebesgutes besteht aus einem genauen Lageplan eines vergrabenen Goldschatzes in Peru."
Ten Beltens Kopf zuckte hoch. „Goldschatz? Meinen Sie das ernst?"
„Ich meine es ernst, weil mir weiter nichts übrig bleibt als Professor van Takkelar zu glauben. Wert des Goldes: Etwa fünfzig Millionen."
Joop ten Belten kniff ungläubig die Augen zusammen. „Fünfzig Millionen . . ." Und dann: „Ein bißchen viel für einen Rechtsanwalt mit minimalem Klientenkreis."
„Ich stimme Ihnen zu. Wie lange brauchen Sie, um mir zu- oder abzusagen?"
„Ich nehme die Rolle an. Wann soll ich einziehen?"
„Ich habe an morgen vormittag gedacht."
„Einverstanden. Bitte erzählen Sie mir, was Sie über den Mann wissen."
Kommissar Vancalden kam der Aufforderung nach, so gut er konnte. Und er war sicher, mit Joop ten Belten den richtigen Partner gefunden zu haben . . .

Joop ten Belten trat sein Gastspiel in Colmanns Zelle unter dem Namen Arie Bekken an.
Es war kurz vor elf Uhr, als der Beamte die Tür aufschloß und ten Belten den schmalen hohen Raum betrat. Er warf dem böse dreinblickenden Colmann einen ebenso ablehnenden Blick zu und sagte kühl: „Ich heiße Arie Bekken!"
„Colmann!" erwiderte Colmann gleichfalls tiefgefroren.
Ohne seinem Zellengenossen weitere Beachtung zu schenken, begann ten Belten seine wenigen Sachen zu verstauen. Da Colmann, wie es dem Zellenersten zukam, das untere Bett mit Beschlag belegt hatte, warf Bekken sein Bettzeug nach oben. Anschließend setzte er sich an den Tisch und begann nacheinander zu lesen, Mundharmonika zu spielen und zu schreiben.
Als am späten Abend das Licht gelöscht wurde, hatte keiner der beiden Männer an den anderen ein Wort gerichtet.
Tage vergingen. Tage, in denen Colmann tat, als sei er allein in der Welt der kleinen Zelle, während Bekken in immer gleicher Reihenfolge las, Mundharmonika spielte und schrieb. Seit der Namensnennung vom ersten Tag, war kein Wort mehr gefallen. Es war, als wetteiferten sie darin, den jeweils anderen an unausgesprochener Verachtung zu überbieten.

Es kam die Nacht vom 27. zum 28. November.
Joop ten Belten alias Arie Bekken schlief tief und traumlos. Trotzdem funktionierte sein Warn- und Alarmsystem. Von einer zur anderen Sekunde war er hellwach.
Sein Untermann schickte sich offensichtlich an, aus dem Bett zu klettern. Ten Belten rührte sich nicht, atmete im

gleichen Rhythmus weiter. Lediglich den Kopf drehte er so, daß er in den Raum hineinblicken konnte.
Schemenhaft sah er die helle Fläche neben seinem Bettrand auftauchen.
„He, Bekken . . ." erklang es gedämpft aus der hellen Fläche, die ein Gesicht war.
Er zeigte keine Reaktion. Eine Hand ertastete seine Schulter und schüttelte sie.
„Bekken, könnten Sie mal aufwachen!!?"
Ten Belten räkelte sich, tat, als erschrecke er und setzte sich auf. „Was ist los?" fragte er.
„Ich möchte Sie etwas fragen, Bekken!"
„Jetzt, mitten in der Nacht?" raunzte ten Belten Colmann an. „Ist der Tag nicht lang genug?"
„Ich habe mich eben erst entschlossen."
„Wozu?"
„Zu einer Frage. Obwohl ich weiß, daß Sie mir nicht die Wahrheit sagen werden."
„Dann fragen Sie mich auch nicht!" Ten Belten gähnte und ließ sich auf das dünne Kopfkissen zurückfallen.
„Geben Sie zu, daß man Sie zu Spitzeldiensten zu mir gesteckt hat?"
Ten Belten schwieg.
„Ich zahle Ihnen hunderttausend, wenn Sie mir die Wahrheit sagen."
Schweigen.
„Zweihunderttausend!"
. . .
„Fünfhunderttausend!"
Noch immer schwieg ten Belten.
„Eine Million für die Wahrheit!" bot Colmann mit leiser und heiserer Stimme.
Wieder richtete sich ten Belten auf, stützte sich auf den

linken Ellenbogen, während seine Rechte nach vorn fuhr und Colmann an der Pyjamajacke erwischte.
„Hör zu, Brüderchen“, zischte er dem Anwalt ins Gesicht, „wenn du glaubst, du könntest mich mit einem so miesen Trick aufs Kreuz legen, dann verstauchst du dir umsonst die Ohren! Aus mir kriegst du nichts heraus! Oder glaubst du, ich weiß nicht, warum man mich ausgerechnet in diese Zelle gelegt hat?“
Ten Belten ließ Colmann los. Er vernahm ein leises, irres Kichern. Wenig später ächzten die Federn des Unterbettes, und nach weiteren fünf Minuten drangen unruhige Schnarchtöne zu ihm.
Es dauerte lange, bis ten Belten in dieser Nacht wieder Schlaf fand.
Der neue Tag knüpfte dort an, wo die verflossenen Tage zu Ende gegangen waren: beim Schweigen. Wieder vergingen zweimal vierundzwanzig Stunden ohne jede Kommunikation. Doch dann, am darauffolgenden Abend, richtete Colmann plötzlich das Wort an ten Belten: „Warum sind Sie hier?“
„Bääl wurde erwischt!“
„Bääl? Wobei erwischt?“
„Nicht wobei, sondern hinterher!“
„Das verstehe ich nicht.“
„Bääl stand Schmiere und ließ seinen Regenschirm stehen.“
„Seinen Regenschirm?“
„Ja, es hatte aufgehört zu regnen. Deshalb. Die Polizei fand wunderbare Fingerabdrücke auf dem Griff. Bääls Fingerabdrücke!“
„Und wobei hat dieser Bääl Schmiere gestanden?“
Ten Belten sah Colmann durchdringend an. „Sie wollen behaupten, daß Sie das nicht wissen?“

„Ich habe keine Ahnung. Woher sollte ich das wissen?"
„Zum Beispiel aus der Zeitung!"
„Ich habe weder etwas über Sie noch über einen gewissen Bääl gelesen."
„Es war der Einbruch in die Landesbank. Es regnete in Strömen in dieser Nacht. Ein wunderbarer Regen . . ."
Ten Belten breitete die Arme aus. „Wie für uns gemacht. Und dann dieser dämliche Schirm."
„Warum hat Bääl Sie verraten?"
„Aus Angst? Aus Dummheit? Aus Wehleidigkeit? Was weiß ich . . . Aber sie kamen zu spät."
„Wer?"
„Die Polizei!"
„Sie meinen, daß Sie die Beute schon in Sicherheit gebracht hatten."
„So ist es . . ." Ten Belten lächelte. „Ein wunderbares Versteck. Nicht mal Sie werden es mir entlocken . . ."
Er zog seine Mundharmonika aus der Tasche und begann zu spielen. Leise und sehr gekonnt. Und bald hielt ihn die Musik so gefangen, daß er für Minuten die Realität seiner Umgebung vergaß. Und wie immer, wenn er so weltvergessen spielte, gingen seine Gedanken eigene Wege. Versponnene, verrückte, absurde und manchmal recht verwegene Wege . . .
„Sie haben neulich ein altes irisches Volkslied gespielt . . ."
Die Gegenwart hatte ten Belten wieder eingeholt. Er wußte, welche Melodie Colmann meinte, und er spielte sie.
„Danke!" sagte Colmann nach dem letzten Ton und verfiel wieder in das altgewohnte Schweigen.
Doch in dieser Nacht geschah etwas Sonderbares: Jeremias Colmann begann plötzlich zu sprechen.
Mit leiser Stimme erzählte er von seinem verstorbenen Va-

ter, der zu Lebzeiten so viel Erfolg gehabt hatte, und er erzählte von dessen Lieblingsbuch, das ein Kochbuch gewesen war. Er sprach von dem Blick auf die große Eiche, den er von seinem Arbeitszimmer habe, und über die vielen Fehler, die seine Sekretärin ständig mache. Er schimpfte über das Wetter, das Essen und einen Mann namens Takkelar, der eine miserable Handschrift besitze. Je länger er sprach, um so leiser wurde seine Stimme und verwirrter die Sätze.

Joop ten Belten, der sich anstrengen mußte, wollte er alles verstehen, fühlte Beklemmung und Beklommenheit. Und das gelegentliche, völlig unmotivierte Kichern seines Zellengenossen ließ ihn erschauern.

„Niemand wird mein Geheimnis lüften", flüsterte Colmann, „hören Sie, Bekken?" Ten Belten zuckte unwillkürlich zusammen, als Colmann von unten gegen seine Matratze boxte. „Niemand! Die Welt höchstpersönlich hält mein Geheimnis umschlossen wie die Muschel die Perle, hihihi ..."

Auch in dieser Nacht lag ten Belten bis lange nach Mitternacht munter. Am nächsten Morgen sah Colmann ihn finster, ja fast drohend an. „Ich möchte, daß Sie sich verlegen lassen!"

„Und warum?" wollte ten Belten überrascht wissen.

„Seit Sie in der Zelle sind, kann ich nicht mehr richtig schlafen. Ich habe Angst- und Alpträume!"

„Meinetwegen, ich kann es ja mal versuchen."

„Sie müssen verschwinden!"

Kommissar Vancalden und Dr. Hoorn erhoben sich, als Joop ten Belten das Zimmer betrat. Vancalden, der von Hoorn bereits vorinformiert worden war, schüttelte dem

Neuankömmling die Hand. „Es tut mir aufrichtig leid, daß Ihr Einsatz umsonst war."
Ten Belten zuckte mit den Schultern. „Man mußte auch ein solches Ergebnis mit einkalkulieren."
„Doktor Hoorn sagte mir, daß Sie Colmann für krank halten?"
„Schubweise, ja. Ich bin kein Nervenarzt, aber so viel steht fest: Colmann gehört unter ärztliche Aufsicht."
„Sie glauben nicht, daß er simuliert?"
„Nein. Und ich gestehe Ihnen, daß es Augenblicke gab, in denen ich mich zwang, nicht einzuschlafen."
„Hat er Sie je angegriffen oder bedroht?"
„Nicht direkt, obwohl ich glaube, daß dieses nur wegen einer durch Erziehung vorhandenen Sperre nicht geschah. Musik machte ihn weich und sentimental, schlechte Träume aggressiv. Ich könnte mir gut vorstellen, daß er das Versteck unter Hypnose verriete."
„Das ist verboten!" Ten Belten nickte, und lächelnd erwiderte er: „Der Einsatz eines Spitzels wird vom Gesetzgeber auch in keinem Paragraphen aufgeführt, geschweige denn gefordert oder empfohlen."
„Vielleicht sollten wir ein Gespräch mit dem Innenminister führen", schlug Dr. Hoorn verlegen vor.
Die drei Männer blieben noch zwei Stunden zusammen, und ten Belten las aus seinen Aufzeichnungen vor, die er während der endlosen Stunden in der Zelle gemacht hatte. Nur einen einzigen Satz erwähnte er niemals . . ."

In der Nacht des gleichen Tages.
Fast Londoner Nebel herrschte in den Straßen der Vorstadt. In dichten Schwaden zog er vom Kanal herüber. Es war kurz nach Mitternacht, als sich ein Mann dem kleinen Haus am Ende der Straße näherte.

JEREMIAS COLMANN, RECHTSANWALT stand auf dem Messingschild am Tor zum Vorgarten. Nach einem schnellen Rundblick setzte der Mann über die Hecke. Leises Klirren erklang, dann schwang die Haustür, an der das Polizeisiegel entfernt worden war, zurück. Der ungebetene Besucher trat in das zur Zeit unbewohnte und nur mäßig beheizte Haus ein.
Langsam stieg er die Stufen zu Colmanns Arbeitszimmer hinauf. Er zog die Vorhänge zu, setzte sich in den Sessel hinter dem Schreibtisch und schaltete die Schreibtischlampe ein.
Seine Augen glitten wie vor wenigen Wochen die von Kommissar Vancalden über die Einrichtung des geräumigen Zimmers: Weltkarte, Regale, Globus, Schrank, Tisch, Sessel und Zeitungsständer. Er leuchtete die beiden Nischen rechts und links des Kachelofens an, drehte die Lampe in Richtung der fünf Meter langen Bücherwand ...
Das alles hatten Vancaldens Spürnasen bereits untersucht.
Joop ten Belten lehnte sich zurück und schloß die Augen.
Deutlich hörte er Colmanns Worte:
„Die Welt höchstpersönlich hält mein Geheimnis umschlossen wie die Muschel die Perle."
Was hatte Jeremias Colmann damit gemeint?
Waren es vielleicht nur die Worte eines verwirrten Geistes oder steckte wirklich mehr dahinter?
„Die Welt höchstpersönlich ..."
Ten Belten wurde sich seines Handgriffes gar nicht bewußt. Er hatte seine Mundharmonika aus der Tasche gezogen und begann leise zu spielen. Er konnte so wunderbar nachdenken, wenn sein Atem die winzigen Metallzungen zum Schwingen brachte.
Und dann, ganz plötzlich, hielt er inne, sprang auf. Die

Lösung! Er hatte die Lösung gefunden, die Antwort ...
Gleich würde das Geheimnis keines mehr sein.
Oder sollte er sich irren?
Minuten später wußte er, daß er sich nicht geirrt hatte. Ein Gefühl grenzenlosen Triumphes erfüllte ihn. Seine Hände streichelten behutsam über die uralten Pergamente und den von Takkelar angefertigten Lageplan. Er vernahm Vancaldens Stimme: „Wert des Goldes: Etwa fünfzig Millionen." Er hielt sie in den Händen.
In ten Beltens Triumphgefühle mischten sich andere, ebenso unkontrollierte. Gefühle der Rache, des Hasses. Hatte man ihn, den tüchtigen, makellosen Beamten nicht eingesperrt?
Hatte man den Aussagen eines betrügerischen Bauunternehmers nicht mehr Glauben geschenkt als den seinen? Hatte man ihm nicht die Ehre abgeschnitten? Ihn monatelang in Untersuchungshaft gehalten?
Was bedeutete dann schon eine hastig durchgeführte Rehabilitierung.
War Vertrauen wirklich in einem Atemzug zu geben, zu nehmen und wiederzugeben?
Joop ten Belten gab sich ganz den Gefühlen der Vergeltung hin. Er verschwendete keinen Gedanken an Eric van Takkelar, der jahrelang über diesen Papieren gebrütet hatte.

Als an diesem Morgen um 7 Uhr 10 die Boeing 707 nach Paris startete, befand sich an Bord auch ein gewisser Monsieur Pierre Larrault. Keiner der übrigen Passagiere konnte wissen, daß dieser freundliche Monsieur Larrault innerhalb der letzten achtundvierzig Stunden schon unter zwei anderen Namen aufgetreten war: Joop ten Belten und Arie Bekken ...

Kurz nach 9 Uhr klingelte auf dem Polizeirevier neben der Kirche zur Dreifaltigkeit das Telefon.
Polizeisergeant Peinen meldete sich.
„Hier spricht Henk Baasken!“ Der Stimme nach schien es sich um einen älteren Herrn zu handeln. „Ich rufe von der Telefonzelle am Prinzenplatz an, weil ich zu Hause kein Telefon habe. Können Sie mich verstehen?“
„Ich verstehe Sie ausgezeichnet!“
„Ich möchte eine Meldung machen!“
„Gut, sprechen Sie, ich schreibe mit.“
„Heute nacht war Pussky, das ist mein Pudel, so unruhig, daß ich mit ihm auf die Straße ging. Ich bin bis zum Haus von Doktor Colmann gegangen. Und da habe ich einen ganz feinen Lichtschein gesehen, und jemand hat Mundharmonika gespielt. Ich meine, es muß ja nichts bedeuten, aber ich wollte es melden, weil doch der Doktor im Gefängnis ist und nur der alte Felix vom Professor ab und zu nach dem Rechten guckt.“
Sergeant Peinen wußte um die Bedeutung dieses Anrufes. Jetzt fragte er: „Sie hörten, daß jemand Mundharmonika spielte. Erinnern Sie sich noch, wie spät es war?“
„Es war gegen 1 Uhr ...“
„Warum haben Sie uns nicht gleich verständigt?“
„Ich habe doch kein Telefon. Und die nächste Telefonzelle war so weit weg. Und der Nebel ...“ Es klang beleidigt.
Peinen beschwichtigte den Mann. „Schon gut, Herr Baasken, es war nur eine Routinefrage. Wäre es Ihnen möglich, bei uns vorbeizukommen, damit wir ein Protokoll aufnehmen können, oder soll ich einen Wagen zu Ihnen schicken?“
„Nein, nein“, wehrte Baasken erschrocken ab. „Keinen Wagen. Die Nachbarn denken sonst, ich hätte mit der Po-

lizei zu tun. Ich komme zu Ihnen!"
In der gleichen Minute noch verständigte der Sergeant Kommissar Vancalden.
Eine halbe Stunde später standen zwei Dinge unumstößlich fest: Joop ten Belten hatte die gestohlenen Papiere entdeckt, und – er war verschwunden.

Nur langsam kam der Fahndungsapparat auf Hochtouren. Interpol wurde eingeschaltet, und ein ausführlicher Bericht ging an die Polizeibehörden der peruanischen Hauptstadt Lima.
Doch alle Bemühungen, den ehemaligen Polizeiinspektor Joop ten Belten zu fangen, scheiterten. Er blieb bis zum heutigen Tag verschwunden, und es gab niemanden, der imstande war, Angaben darüber zu machen, wo er sich aufhielt und ob er überhaupt noch lebte.
Erinnerten sich die ehemaligen Kollegen seiner, so sprachen sie nur vom „Gauner, der so gut Mundharmonika spielte ..."

Die Aufgabe, um die es hier geht, lautet: Wo fand Joop ten Belten die gestohlenen Aufzeichnungen des Professors van Takkelar?

nr. 2 Balduin Pfiff und der Dieb der feinen Düfte

Wer behauptet, der Zufall spiele eine immer nur zufällige Rolle, der hat noch nie mit einem richtigen Zufall zu tun gehabt. Zufall ist Schicksal, und Schicksal ist niemals Zufall, jawoll und ei der Daus und heiliges Kanonenröhrchen.
Aber gehen wir der Reihe nach vor. Beginnen wir die Geschichte an einem Zeitpunkt, wo ich, der Meisterdetektiv, noch gar nichts von den Ereignissen wissen konnte, nämlich am 2. August ...
Eugen Karsten, der Inhaber der „Drogerie am Kreuztor“, befand sich bereits allein im Geschäft. Es war 18 Uhr 58. Die Angestellten waren gegangen, seine Frau unterwegs zur Wohnung im 1. Stock, alle Türen verschlossen. Karsten saß in seinem kleinen Büro im Rückraum der Drogerie und begann die Einnahmen aus Kasse I zu zählen. Diese mußten mit dem Saldo der elektronischen Kasse übereinstimmen. Neben ihm lagen bereits die Einnahmen von Kasse II. Insgesamt DM 1744,50.
Gegen 19 Uhr 15 würde Frau Wirt, die Putzfrau, kommen. Bis dahin wollte er mit allem fertig sein.
Nichts deutete darauf hin, daß der Ablauf, wie er sich täglich wiederholte, heute ein anderer sein sollte.
Eugen Karsten war so in seine Zahlen vertieft, daß er das leise schnarrende Geräusch, das aus dem großen Verkaufs-

raum herüberdrang, gar nicht wahrnahm. Dort, wo in drei Reihen hintereinander die Bade-, Haus- und Morgenmäntel hingen, hatte jemand diese auf der vorderen Stange auseinandergeschoben und war hervorgetreten.
Es handelte sich um einen untersetzten jungen Mann Ende zwanzig. Er trug Bluejeans und eine schmuddelige, anthrazitfarbene Windjacke, aus deren Tasche er jetzt eine dicke, wollene Pudelmütze mit eingeschnittenen Löchern für die Augen zog.
Aus der anderen Tasche fischte er hellederne, bestickte Handschuhe. Und plötzlich hielt er auch eine Pistole in der Rechten ...
„Na, wer sagt's denn", murmelte der Drogist. Gezähltes und Kassensaldo stimmten überein. DM 4785,10 hatte Kasse I vereinnahmt. Keine besonders überwältigende Tageseinnahme, aber auch keine schlechte. Sicher hatte der schon den ganzen Tag niederprasselnde Regen mit Schuld an dem etwas mäßigen Umsatz.
Karsten stutzte ...
Waren da nicht eben Schritte gewesen? Frau Wirt? Aber nein, die mußte ja klingeln ...
„Guten Abend ..."
Eugen Karsten spürte, wie es ihm die Luft abschnürte, wie sein Herz zu hämmern begann, und wie sich das Bild vor seinen Augen sekundenlang trübte. Nein, es war kein böser Traum, er erkannte die Wahrheit klar und deutlich, überdeutlich: Vor ihm stand ein Mann mit Wollmaske, schäbiger Windjacke, Jeans und hielt eine Waffe auf ihn gerichtet.
Karsten hatte von sich nie behauptet, ein Held zu sein, und so war es selbstverständlich, daß ihn jetzt abgrundtiefe Furcht erfüllte.
„Was ... was wollen Sie?" würgte er, mühsam be-

herrscht, mit heiserer Stimme hervor. Im gleichen Augenblick wurde ihm das Widersinnige seiner Frage bewußt. Geld, nichts als Geld wollte der Vermummte von ihm. Der Drogist fühlte Erleichterung. Die Angst, die ihn eben noch krampfhaft umklammert hielt, lockerte ihren Griff.

„Sie wollen Geld . . . Nicht, Sie wollen Geld . . . Da . . . da, bedienen Sie sich. Es ist alles, was wir heute eingenommen haben . . ." stotterte er.

„Stehen Sie auf, Sie Held, und treten Sie zwei Schritte zurück!" Der Hohn in der Stimme des Maskierten war unüberhörbar. Karsten erhob sich und wankte zurück. Bis zur Wand, an der er sich abstützte, während sich der Mann vor ihm das Geld in die Tasche stopfte.

Bis auf die letzte Mark.

Der Lauf der Waffe beschrieb einen energischen Halbkreis. „Und nun zu den teuren Parfüms! Aber ein bißchen schnell, ich habe keine Lust, Ihrer Putzfrau zu begegnen!"

Eugen Karsten löste sich von der ihn stützenden Wand. „Man wird uns sehen", durchfuhr es ihn, „draußen gehen Leute, manche sehen herein. Die Vitrine mit den wertvollen Parfüms steht mitten im Verkaufsraum . . . Die Leute werden die Polizei rufen . . ." Merkwürdigerweise verschafften ihm diese Überlegungen mehr Beklemmung als Erleichterung. Man wußte ja, wie in die Enge getriebene Gangster reagierten. Er hatte es unzählige Male im Fernsehen gesehen.

„Sie sollten sich zurückhalten, man kann Sie durch das Fenster sehen!" sagte er. Der Vermummte lachte kurz auf. „Sie scheinen von gestern zu sein. *Sie* werden den Weg zu den Parfüms machen. Nehmen Sie zwei von den Badetaschen dort, und dann los. Packen Sie ein, was Platz hat.

Und kommen Sie dabei nicht auf dumme Gedanken. Ich werde Sie die ganze Zeit vor dem Lauf haben. Bei der geringsten falschen Bewegung bekommen Sie Besuch von einer Kugel!“
Wie in Trance schritt der Drogist zu dem Gestell mit den Badetaschen, nahm eine gelbe und eine blaue und wandte sich der Glasvitrine zu.
Drei Minuten später zog er die Reißverschlüsse der prallgefüllten Taschen zu.
„Kommen Sie hierher!“ rief ihm der Maskierte zu, der jetzt neben dem Heizkörper stand. Mit einer Handschelle kettete er Karsten an die stählernen Rippen und verschloß ihm den Mund mit einem breiten Klebeband. 18 Uhr 08 zog der Dieb die Tür zum Treppenhaus hinter sich zu, verschloß sie, zog den Schlüssel ab und steckte ihn ein.
Neun Minuten waren seit seinem Auftauchen vergangen. Karsten kam es wie eine Ewigkeit vor.
19 Uhr 10 erschien die Putzfrau.
Sie klingelte.
Als man ihr auf ihr Klingeln nicht öffnete, die Tür jedoch verschlossen war, stieg sie in den ersten Stock hinauf. Sie und Frau Karsten betraten dann gemeinsam die Geschäftsräume.
Während Emilie Wirt, die Putzfrau, resolut mit einer Eisensäge der Handschelle zu Leibe rückte, alarmierte Marianne Karsten die Polizei.
Das alles geschah, wie schon erwähnt, am 2. August.

Heute nun, am 4. November, saß mir Eugen Karsten gegenüber, und obwohl seit jenem Überfall bereits drei Monate verstrichen waren, hatte seine Stimme, als er davon zu sprechen begann, noch immer einen heiseren Unterton . . .

„Wissen Sie, Herr Pfiff, was mich am meisten aufgeregt hat?"
„Verraten Sie es mir!" murmelte ich.
„Daß die Polizei bis heute nicht die kleinste Spur des Verbrechers gefunden hat ... Nach drei Monaten. Vergangen – vergessen. Keine Spur ..."
Ich versuchte sein Verständnis zu wecken: „Wie es aussieht, Herr Karsten, handelte es sich bei dem Täter um einen Amateur. Und Amateure sind dreimal schwerer zu fangen als Profis. Aber damit ist es ja nun zu Ende, was? Sie haben der Polizei gezeigt, was eine Harke ist, was?"
Ich lächelte ihn an, so richtig anerkennend.
Röte der Verlegenheit schoß Herrn Karsten in die blassen Drogistenwangen. Er schien nach den richtigen Worten zu suchen. Ich fuhr fort: „Sie haben sich selbst ein Erfolgserlebnis beschert, indem Sie den Gauner ausfindig gemacht haben."
Er schüttelte den Kopf. „Ich habe nur gesagt, daß er es sein könnte, Herr Pfiff!"
Ich klatschte in die Hände, beugte mich vor und tat, als zerrisse mich die Spannung gleich in mehrere Teile.
„Nun spannen Sie mich nicht länger auf die Folter. Was genau ist passiert?"
Er zierte sich nicht lange und servierte mir eine abenteuerliche Geschichte. Das heißt, er genoß sie direkt, seine Geschichte, und er schien in erster Linie zu genießen, daß er sie sozusagen im Schutze eines Meisterdetektivs erzählen konnte ...
„Ich war heute in Langenberg. Sie kennen doch Langenberg?"
„Natürlich!" nickte ich.
„Auf dem Rückweg, es war gegen drei, platzte mir kurz vor Born der rechte hintere Reifen. Und wie das so ist, ein

Unglück kommt selten allein, mein Wagenheber lag, statt im Kofferraum, zu Hause in der Garage. Also marschierte ich zur nächsten Tankstelle."

„Die ist bei den Hochhäusern, stimmt's?"

„Ja. Plötzlich spürte ich Hunger ..."

„Möchten Sie ein Glas eisgekühlte Buttermilch?" warf ich ein. Herr Karsten schüttelte irritiert den Kopf. Sah mich fast strafend an und fragte: „Wo war ich stehengeblieben?"

„Kurz vor Born, den Hochhäusern und Ihrem Hunger."

„Ja, hundert Meter vor der Tankstelle gibt's einen Supermarkt, in dem man einen ganz ordentlichen Imbiß bekommt. Ich aß ein Paar Würstchen, trank eine Tasse Kaffee und beschloß, noch ein paar Illustrierte vom Zeitungsstand mitzunehmen. Und da ... da hörte ich plötzlich eine Stimme. Ja, Herr Pfiff, die Stimme klang genau wie die des Räubers. Ich pirschte mich vorsichtig heran. Es war ein Mann um die dreißig. Er unterhielt sich mit einer Verkäuferin. Er sah sehr gepflegt aus."

„Sind Sie sicher, daß er Sie nicht gesehen hat?"

Karsten riß die Arme hoch und tönte überzeugt: „Ich bin absolut sicher, daß er mich weder gesehen noch erkannt hat."

„Die Stimme allein ist ein bißchen ein mageres Indiz, was, Herr Karsten?"

„Es war ja nicht die Stimme allein ..." Bei Schraps und Traps – wie er mich dabei ansah. Wie der Weihnachtsmann den kleinen Max bei der Bescherung.

„Was war es denn noch?" fragte ich folgsam.

„Er trug einen gefütterten Anorak, und aus der Tasche ... aus der Tasche, Herr Pfiff, guckten ein Paar Lederhandschuhe, die denen des Täters glichen wie ein Ei dem ande-

ren. Die gleiche bunte Stickerei auf dem Handrücken ... Was sagen Sie jetzt?"
„Hm, eine interessante Wahrnehmung!"
„Mein erster Impuls war: die Polizei rufen. Aber dann überlegte ich. Wenn ich mich irrte, brächte ich einen harmlosen und unschuldigen Menschen in böse Bedrängnis. So kam mir dann der Gedanke, Sie zu bitten, sich den Mann einmal aus der Nähe anzusehen."
„Hm ..." knurrte ich, was Pinsel veranlaßte, den Kopf zu heben und ebenfalls zu knurren.
„Hat Ihr Hund was?"
„Er merkt nur, daß ich Bedenken habe ..." Ich sah mich schon im Supermarkt stehen und auf den Duftdieb warten.
„Und warum haben Sie Bedenken?" Grenzenlose Enttäuschung stand Herrn Karsten im Gesicht.
„Wenn ich Pech habe, stehe ich so lange in dem Supermarkt herum, bis die Leute glauben, ich gehöre zum Inventar."
„Aber nicht doch ..." Die Enttäuschung wurde abgelöst von Siegessicherheit. Karsten ließ seine Hand in der Tasche verschwinden. Als sie wieder zum Vorschein kam, schwenkte sie einen Zettel.
„Bitte. Ich habe Detektiv gespielt!"
„Lindenring 22", las ich. „Respekt, Respekt! Sie sind ihm also nachgegangen?"
„Ja. Da er eine große Tüte auf dem Arm trug, nahm ich an, daß er auch in der Nähe wohnte. Leider habe ich mich nicht getraut, Nachforschungen nach seinem Namen anzustellen. Doch Sie finden ihn bestimmt. Er hat auf der linken Stirnseite ein pfenniggroßes Muttermal."
Ich überlegte nicht lange.
„Gut, ich will versuchen, an dem Käse zu riechen."

Herr Karsten machte eine großzügige Geste. „Ist doch klar, daß ich alle Spesen übernehme, Herr Pfiff."
„Ich habe nie daran gezweifelt, Herr Karsten."
„Und Sie gehen ganz behutsam vor?"
„Ich verspreche Ihnen, daß er mich erst bemerkt, wenn ich da bin ..."
Eugen Karsten schien mit dieser Bemerkung nicht viel anfangen zu können, und so tat er, was die meisten Menschen in so einer Situation tun: Er lächelte ein kleines Verschwörerlächeln.
Und ich sagte mit der gleichen Heiterkeit auf meinem Meisterdetektivgesicht: „Morgen um diese Zeit habe ich es hinter mir – wenn er da ist, der feine Herr!"

Da sich Pinsel bei einem übermütigen Sprung vom Sofa über den Tisch bis hin in die Ofenecke seine rechte Vorderpfote verstaucht hatte, sprach ich zu ihm: „Dein Herr, Freund und Knochenspender wird sich jetzt einen eventuellen Duftdieb aus der Nähe ansehen. Du, Hinkebein, machst in der Zwischenzeit ein Schläfchen."
Pinsel hatte eine nervende Art, einem zu zeigen, wenn und daß er gekränkt war. Er legte sich auf die Seite und öffnete das rechte Auge einen Spalt breit. So auch jetzt. Dazu ließ er seine Schnauzenwinkel herabhängen, was regelrecht mitleiderregend aussah. Ich aber polterte: „Laß die Grimassenschneiderei, heiliges Kanonenröhrchen! Erstens bringe ich dir ein paar knackige Kalbsknorpel mit, und zweitens sähe es wohl äußerst komisch aus, wenn ich einen Verdächtigen in Begleitung eines auf drei Beinen hüpfenden Hundes besuchte."
Pinsel schloß das Auge wieder, und sein Stummelschwanz machte blobb-blobb-blobb ...

Nach einem letzten abstimmenden Telefongespräch mit meinem Freund, dem miesepetrigen Kriminalinspektor Schulz, rüstete ich mich für den Weg nach Born.
Elf Omnibus-Haltestellen lagen zwischen meiner Wohnung und den Borner Hochhäusern.
16 Uhr 50 erreichte ich die Adresse Lindenring 22. Es handelte sich dabei um einen 18stöckigen „Lukenturm" aus unfreundlichem Beton. Bei Jussuv, dem Bartzupfer, die Vorstellung, hier wohnen zu müssen, ließ mir Gänsehaut wachsen.
Ich hatte gerade unnützerweise damit begonnen, die riesige Heerschar der Namen auf den Klingelschildern zu lesen, als sich die Tür öffnete und eine junge Frau mit Kind ins Freie trat. Zwei nette Wesen mit typischer Betonhautfarbe. Ich packte meine ganze Freundlichkeit in Blick und Stimme, gab meinem sonst pfiffigen Gesicht einen ein bißchen dümmlichen Ausdruck und rief: „Junge Frau, bitte einen Augenblick ..."
Sie verhielt im Schritt und sah mich halb ablehnend, halb mißtrauisch an. „Ja, bitte?"
„Onkel ... ein Onkel ..." quäkte der kleine Junge, der wie ein Mädchen angezogen war.
„Ich bin in einer äußerst unangenehmen Lage", jammerte ich, „Sie könnten mir sicher helfen. Da soll ich hier in der Nummer zweiundzwanzig bei einem jungen Mann einen Stapel Bücher abholen und habe seinen Namen vergessen."
„Oh, hier wohnen so viele Menschen, wie soll ich Ihnen da helfen?"
„Onkel!"
„Hallo, junger Mann ..." erwiderte ich und wurde belehrt: „Der junge Mann heißt Sabine!" Sie kicherte.
„Wie man sich doch irren kann ... Ja, was den Gesuchten

anbetrifft, vielleicht fällt Ihnen der Name ein, wenn ich Ihnen ein paar Anhaltspunkte gebe. Er ist etwa dreißig Jahre alt und hat hier oben auf der Stirn ein Muttermal ..."
„Ach", strahlte die Mutter (Sabine hatte inzwischen auch mal „Mama" gesagt!), „Sie meinen Herrn Sellke. Ludwig Sellke."
Ich tippte mir an die Stirn, zeigte einen ganz tollen Augenaufschlag und stieß hervor: „Beim spinnenbeinigen Bonifatius, der ist es! Freund Sellke. Vielen, vielen Dank!"
„Der wohnt ganz oben."
Ich bedankte mich noch einmal, wünschte ihr ein schnupfenfreies Wochenende, 99 Lebensjahre und eine baldige Erbschaft. Während sie kichernd davontrippelte, beschrieb ich ein winzigkleines Zettelchen mit winzigkleinen Buchstaben: „Pfiff bei Sellke", und klemmte dieses an Sellkes Klingelschild.
Genau fünf Sekunden überlegte ich, ob ich den Fahrstuhl oder die Treppe nehmen sollte, dann bestieg ich den Kabinenexpreß. Und wie immer, trotz Luftanhalten und Baucheinziehen, rutschte mir der Magen wieder bis in den Hals hinauf.
„L. P. Sellke", stand auf dem protzigen Schild.
„Dann wollen wir mal!" raunte ich mir zu. Der Gedanke, daß der Mann mit dem Muttermal nicht zu Hause sein könnte, kam mir gar nicht in den Sinn.
„Boing-Bing-Boooong", klang es von jenseits der Tür zu mir, nachdem ich das Knöpfchen gedrückt hatte.
Die Tür ...
Eine Wolke allerfeinsten Duftes umhüllte mich, während mein Gegenüber, ein Mann mit hoher Stirn samt Muttermal, neugierig-spöttisch mit den Augen auf meiner runden

Gestalt auf- und abrodelte. Heiliges Kanonenröhrchen, so was liebe ich ja, daß man mir Löcher in meinen teuren Bauch sieht.
„Bitte, Sie wünschen?"
Ich nickte. „Das ist eine praktische Frage. Mein Name ist Pfiff, ich möchte Sie gern in einer vertraulichen Angelegenheit sprechen."
„Dann mal los!" Er lächelte und rührte sich nicht von der Stelle.
„Hier?" fragte ich.
„Hier!" sagte er.
„Hm", brummte ich, und: „Ein bißchen ungewöhnlich, finden Sie nicht?"
„Finde ich gar nicht."
„Ich finde, daß eine vertrauliche Angelegenheit keine Angelegenheit für das Treppenhaus ist."
„So hat eben jeder seine Meinung."
Ich tat, als müßte ich über ein Problem nachdenken, dann schüttelte ich den Kopf. „Ich glaube, daß es doch in Ihrem Interesse ist, daß wir über gewisse Dinge nicht hier draußen sprechen."
Ganz kurz blitzte Mißtrauen in seinen Augen auf, doch schließlich zuckte er mit den Schultern. „Meinetwegen, dann kommen Sie mal rein!"
Ich kam der Aufforderung nach und betrat eine ungemein teure Umgebung. Teure Möbel, teure Brücken, schicke Bilder, mondäner Nippes, viele Pflanzen und inmitten eines bizarren Baumrestes ein – schneeweißer Kakadu.
„Bitte, platzen Sie!" sagte er, und ich ließ mich in einen der herumstehenden himmlischen Lümmler fallen. Herr Sellke tat es mir gleich. Eigentlich glich er eher einem Hals-Nasen-Ohren-Arzt als einem Räuber. Fast wohlwollend betrachtete er mich jetzt. Eine auffordernde

Handbewegung begleitete er mit den Worten: „Nun mal los, Herr Pfiff. Pfeifen Sie mir Ihre vertrauliche Angelegenheit vor."

Ich zog Kunigunde* aus der Tasche, ließ sie zweimal um den Zeigefinger rotieren und wieder verschwinden. Ludwig Sellke, kreidebleich, schluckte Spucke, ich sah es deutlich. Aber er blieb trotzdem beherrscht. War er wirklich unschuldig, würde ich mich in aller Form und tief zerknirscht bei ihm entschuldigen und ihn zum Essen einladen. „Eine dumme Angewohnheit von mir. Aber warum sollte ein Privatdetektiv keine dummen Angewohnheiten haben."

Er schluckte wieder, wischte sich über die Stirn und quälte sich ein Grinsen aufs Gesicht. „Ach, Privatdetektiv sind Sie . . . Die Sache wird ja richtig spannend."

Also ehrlich, so rundum nach Sünder sah er wirklich nicht aus.

„Herr Sellke, da ist die Sache mit der Drogerie."

Er riß die Augen auf. „Welche Sache und welche Drogerie?"

„Ich meine den Überfall auf die Drogerie."

Er schüttelte den Kopf. „Ich habe noch immer keine Ahnung, auf was Sie anspielen."

„Sie wollen damit sagen, daß Sie nichts von dem Überfall auf die ‚Drogerie am Kreuztor' gehört haben?"

„Kein Wort!"

„Auch nichts gelesen?"

Herr Sellke machte eine ärgerliche Handbewegung.

„Wenn ich sage, daß ich keine Ahnung habe, dann können Sie sich doch alle weiteren Fragen sparen."

* Zigarrenanzünder, der einer echten Pistole zum Verwechseln ähnlich sieht

„Das ist wahr!“ seufzte ich.
„Wer hat Sie überhaupt geschickt? Jetzt erst dämmert mir, welche Unverschämtheit Ihre Fragen darstellen.“
„Oh, Sie übertreiben aber.“
„Ich übertreibe kein bißchen! Ich hätte Lust, Sie die Treppe hinunterzuwerfen.“
„Aber, aber“, wehrte ich ab, „das kann doch nicht Ihr Ernst sein ... Also, das ist so ...“ flötete ich und tätschelte dabei mein Bäuchlein, „da gibt es jemanden, der hat Sie an der Stimme wiedererkannt.“
„Lächerlich!“
„Ich will mich korrekter ausdrücken: Er glaubt, Sie an der Stimme wiedererkannt zu haben.“
„Ich werde denjenigen verklagen. Wer ist es?“
„Außerdem“, fuhr ich fort, ohne auf seine Frage einzugehen, „besitzen Sie die gleichen bestickten Handschuhe wie der Täter.“
„Noch lächerlicher!“ giftete er. „Ich bin schließlich kein Idiot, der mitten im Sommer in Lederhandschuhen herumläuft.“
„Vielleicht haben Sie sie wegen der Fingerabdrücke angezogen, könnte ja sein, was? Haben Sie zufällig ein Gläschen Buttermilch zur Hand? Muß ja nicht unbedingt eisgekühlt sein ...“
Ludwig Sellke schnappte nach Luft, und ich sah es ihm an, daß gleich was ganz und gar nicht Höfliches kommen würde.
„Sie ... Sie ...“ nahm er Anlauf, „Sie sind doch bestimmt nicht ganz normal ...“
Und so was sagte er mir, dem Meisterdetektiv, pfui! Trotzdem zeigte ich ihm die Zähne (breites Lachen!) und forderte ihn auf: „Wie wär's, wenn Sie gleich die Polizei riefen und sich beschwerten?“

„Auch das wäre eine Möglichkeit, Sie haben recht!" zischte er und sprang auf. Während er zum Telefon hastete, lehnte ich mich zurück, genoß die Entspannung und schnalzte dem Kakadu zu.
„Was ist los?" fragte Sellke, der in diesem Augenblick wieder wie ein Hals-Nasen-Ohren-Arzt wirkte, wie er so dastand, mit dem Telefon in der Hand.
„Ich warte!" erwiderte ich.
„Worauf?"
„Auf die Polizei!"
Er legte den Hörer langsam zurück, trat auf mich zu und sah mit zusammengezogenen Augenbrauen auf mich herunter. Richtig gefährlich klang es, als er fragte: „Sie . . . Sie wollen mich doch nicht etwa erpressen, Privatdetektiv, oder?"
Ich tat entrüstet. „Wo denken Sie hin, das ist doch strafbar. Kann nach Paragraph 253 mit fünf Jahren Freiheitsentzug bestraft werden."
„Was wollen Sie dann? Wozu erzählen Sie mir die ganze Geschichte?"
„Nur um mir ein Bild zu machen."
„Ein Bild wovon?"
„Ein Bild von Ihnen, Herr Sellke."
„Und das haben Sie jetzt?"
„Ganz recht!"
„Okay, dann würde ich vorschlagen, daß Sie sich jetzt entschuldigen und anschließend das Weite suchen. Wenn nicht, rufe ich wirklich die Polizei."
„Lassen Sie mich auch einen Vorschlag machen: Gehen Sie zur Tür und lassen Sie die Herren herein. Alles andere geht dann automatisch."
„Ich verstehe kein Wort. Was soll das nun wieder?" Ich glaube, daß der Mann mit dem Muttermal wirklich noch

nicht verstanden hatte. Freundlich klärte ich ihn auf: „Ich will damit zum Ausdruck bringen, daß draußen vor der Tür die Polizei mit einem Haussuchungsbefehl steht und darauf wartet, hereingelassen zu werden."
„Blanker Unsinn ... das ist blanker Unsinn ..." zeterte Sellke und eilte mit Riesenschritten zur Tür.
Sekunden später hörte ich die miesepetrige Stimme meines Freundes Schulz.
„He, Pfiffi", rief er, „gibt's was Neues?"
„Neu ist", muffelte ich zurück, „daß ich jetzt weiß, daß er der Täter war. Er war so freundlich, mich höchstpersönlich von seiner Schuld zu überzeugen."
Na ja, alles andere lief ab wie immer.
Die Spezialisten fanden übrigens noch einen Großteil der duftenden Beute unter der Badewanne. Ideen haben die Leute mitunter ...

Mit welcher Unvorsichtigkeit hat sich Ludwig Sellke verraten?

nr. 3 Stimmen aus dem Jenseits

Die Schwestern Colette Derval (47 Jahre) und Josephine Ludfrenne (49 Jahre) hatten eine Menge gemeinsam: Sie waren beide mit reichen Männern verheiratet gewesen und am gleichen Tage zu Witwen geworden. Das war, als Roger und Claude mit ihrer Cesna über Lothringen abstürzten und ums Leben kamen.
Zusammen bewohnten die Schwestern seitdem eine elegante Villa im vornehmen 16. Pariser Bezirk und lebten sehr zurückgezogen. Nur zweimal im Monat versammelte sich rund ein Dutzend Leute bei Colette und Josephine; es waren die Mitglieder eines spiritistischen Zirkels. Denn auch das gehörte zu den Gemeinsamkeiten: Sie waren überzeugte Anhänger der Schwarzen Kunst. Darüber hinaus sammelte Colette mit großem finanziellen Einsatz russische Ikonen, während sich Josephine mit Eifer und Leidenschaft dem Sammeln von seltenen und deshalb äußerst teuren Miniaturen aus dem 16. Jahrhundert hingab.
Jedes Jahr im August, wenn sich die Stadt an der Seine entvölkerte und die Pariser samt Hunden, Katzen und Vögeln in die Ferien fuhren, verreisten auch Colette und Josephine.
Vorher jedoch brachten sie ihre Kostbarkeiten in das Gewölbe der Rothschild'schen Bank, schickten die Köchin Claire und das Mädchen Célia nach Hause, ließen die Eisengitter herunter und verschlossen alle Türen. Sechs Wochen lang wurde die Villa dann von den Streife gehenden

Männern einer Bewachungsgesellschaft kontrolliert.
In diesem Jahr zog es die Witwen nach Ägypten. Am Morgen ihrer Abreise, man schrieb den 31. Juli, regnete es in Paris in Strömen. Eine Tatsache, die ihnen das Abschiednehmen erleichterte.
All diese bisher geschilderten Details waren auch Jean Caro bekannt.
Jean, 45 Jahre, gelernter Radiotechniker, übte bereits seit über zwanzig Jahren den Beruf eines Immobilienmaklers aus.
Auch er gehörte dem spiritistischen Zirkel an, der sich zweimal im Monat in der Villa der Witwen versammelte.
Niemand allerdings ahnte, daß ihn der Spiritismus in Wirklichkeit nicht im geringsten interessierte, daß sein ganzes Streben nur einem einzigen Ziel galt: sich in den Besitz der kostbaren Ikonen und Miniaturen zu bringen.
Er war es auch gewesen, der den Witwen vor Jahren die Villa, die vorher einem Textilgroßhändler gehört hatte, vermittelte.
Später, als er zum erstenmal all der Schätze ansichtig wurde, hatte es ihn gepackt und nicht wieder losgelassen.
Aus seinem Auto heraus beobachtete er jetzt die Abreise der beiden Frauen, und er bebte bei dem Gedanken an sein Vorhaben. Es erfüllte ihn wie ein Fieber ...

Drei Tage später.
Kurz nach 2 Uhr in der Nacht überstieg er das Gitter, das den Garten der Villa begrenzte.
Mit zwei schweren Taschen in den Händen schlich er auf die rückwärtige Tür zu. Den Schlüssel dazu trug er seit Monaten bei sich.
Die Tür führte zu einem kleinen Vorraum, von dem die

Zimmer der Köchin und des Mädchens abzweigten.
Totenstille herrschte im Haus.
Jean Caro tat zunächst etwas äußerst Ungewöhnliches: Er legte sich auf Célias Bett und schlief auch sofort ein.
Für sein Vorhaben benötigte er Tageslicht!
Am nächsten Morgen begann er mit der Arbeit.
Zwei Tage lang brauchte er für seinen teuflischen Plan.
Zwölf winzige Lautsprecher installierte er so gut getarnt, daß es schon großer Mühe oder eines Zufalls bedurft hätte, sie zu entdecken.
In der dritten Nacht schlich er wieder davon.
Die Weichen waren gestellt. Jetzt brauchte er nur noch auf die Rückkehr der Witwen zu warten ...

Am 16. September, eine Woche später als beabsichtigt, kehrten Colette Derval und Josephine Ludfrenne braungegrillt aus dem Land der Pyramiden ins heimatliche Paris zurück.
Bereits einen Tag später brachte ein Tresorauto ihre Kostbarkeiten aus dem Bankgewölbe, und nach vielen Umarmungen nahmen auch Célia, das Mädchen, und Claire, die Köchin, ihren Dienst wieder auf.
Am Abend des 17. saßen sie zu viert im Salon und erzählten sich gegenseitig, was sie in den vergangenen Wochen erlebt hatten. Und seufzend gestanden die Witwen ein, daß sie am liebsten noch einmal sechs Tage länger am Nil geblieben wären.
Gegen 23 Uhr zogen sich die vier Frauen in ihre Schlafräume zurück.
Keine von ihnen konnte etwas von dem Mann ahnen, der seit einer Woche ungeduldig auf diesen Augenblick wartete, und der sich jetzt in einer Nische zwischen Haustür und Veranda zu schaffen machte.

Der Gegenstand, mit dem er hantierte, hatte eine verblüffende Ähnlichkeit mit einem Mikrophon.
23 Uhr 11.
Colette Derval schaltete das Licht ihrer Nachttischlampe aus und streckte sich gleichermaßen müde und zufrieden. Gelöst gab sie sich einer herrlichen Bettschwere hin.
Ein Zimmer weiter, ebenfalls bereits im Dunkeln, lag Josephine Ludfrenne und rauchte eine letzte Zigarette. Eine Untugend, die sie sich seit Jahren versuchte abzugewöhnen.
„Hallo, Colette ... hallo, Josephine, hört ihr uns ...?"
Es war nur der Hauch einer Stimme, trotzdem hatten beide Frauen jedes Wort verstanden.
Während Josephine starr und steif liegenblieb, war die Witwe Colette im Bett hochgefahren und wagte nicht mehr zu atmen.
„Hallo, Colette, hallo, Josephine, hier sind Claude und Robert ... Wir haben für Augenblicke die unendliche Weite des Jenseits verlassen. Wir stehen am Arc de Triomphe und warten auf euch ... Wir warten auf euch ... wir warten auf euch ..." Das gehauchte Flüstern erstarb.
Beide Witwen stürzten aus ihren Betten, und trafen sich auf dem Gang. Jede wollte der anderen von der Stimme aus dem Jenseits erzählen, und es dauerte einige Sekunden, bis beide begriffen, daß sie das gleiche vernommen hatten.
Colette und Josephine weckten Célia und Claire und erzählten in atemloser Eilc, daß ihre verunglückten Männer am Arc de Triomphe auf sie warteten, und sie baten die beiden um ihre Begleitung.
23 Uhr 38 verließ der dunkle Peugeot mit den vier Frauen das Grundstück.
Noch in der gleichen Minute drang Jean Caro in die Villa

ein und begann, die mitgebrachten drei Koffer mit den Ikonen und Miniaturen zu füllen. Bereits zehn Minuten später beendete er sein frevelhaftes Tun.
Gegen 3 Uhr kehrten die vier Frauen ins Haus zurück, Colette und Josephine zutiefst enttäuscht.
Doch dann, urplötzlich, begriffen sie, was geschehen war. Daß sie auf einen raffinierten Trick hereingefallen waren ...

Inspektor Jules Bertin und seine Leute trafen gegen 3 Uhr 50 ein. Eine halbe Stunde später hatten die Spezialisten das Rätsel gelöst, und für Inspektor Bertin stand außer Zweifel, daß der oder die Täter im engeren Bekanntenkreis der Witwen zu suchen war. Nur einer aus dieser Umgebung konnte so gut die Gewohnheiten und Örtlichkeiten kennen. Und engerer Bekanntenkreis bedeutete in diesem Fall „Spiritistischer Zirkel".
Bertin mußte den beiden Witwen nicht lange zureden, um sie zu veranlassen, ihm die elf Namen und Adressen der Zirkelmitglieder zu geben, dazu eine kleine Biographie, soweit sie ihnen bekannt war. Er fertigte sich nach den Adressen einen Plan an, nach dessen Reihenfolge er die Spiritisten aufsuchen wollte.
Acht wohnten in Paris, einer in Versailles und ein Ehepaar reiste jeweils aus Fontainebleau an.
Lediglich der Tatsache, daß die Rue de Rome die am nächsten liegende Adresse war, verdankte es Inspektor Bertin, daß der zuoberst auf seinem Plan stehende Name Jean Caro lautete.

6 Uhr 30 fuhren Bertin und sein Mitarbeiter Michel Poire vor dem Haus Rue de Rome Nr. 21 vor. Caro bewohnte die oberste Etage, die drei Stockwerke darunter gehörten

einer Versicherung, in der heute, es war Sonntag, natürlich niemand arbeitete.
Das Tor zum Hof war weit geöffnet, im Hof selbst stand ein Ford mit hochgeklappter Kofferraumhaube. Als ebenfalls unverschlossen erwies sich die Tür, die vom Hof ins Treppenhaus führte.
Bertin und Poire fuhren mit dem Lift nach oben. Vier Koffer standen vor der nur angelehnten Wohnungstür. Sie klopften und traten ein.
Jean Caro sah ihnen entgegen – mehr verwundert als erschrocken.
„Wer sind Sie, was wollen Sie hier?"
„Wir hatten geklopft, Monsieur Caro!" sagte Inspektor Bertin milde. „Ich bin Kriminalinspektor Bertin, das ist mein Kollege Poire."
Caro schüttelte den Kopf. „Polizei? Und das in aller Herrgottsfrühe? Da muß ja was Tolles passiert sein."
„Sie wollen verreisen?" fragte Bertin.
„Wieso verreisen?"
„Sind das nicht Ihre Koffer?"
„Und ob das meine Koffer sind", lachte Caro. „Nur will ich nicht verreisen, sondern ich komme gerade von einer Reise zurück. Und zwar in dieser Stunde."
„Ach, Sie waren gar nicht in Paris?"
„Nein, ich sagte doch eben, daß ich gerade zurückgekehrt bin. Wollen Sie mir nicht endlich sagen, was passiert ist?"
„Man hat Ihre Bekannten Derval und Ludfrenne bestohlen."
„Nein, das ist ja schrecklich", stieß Caro hervor und ließ sich auf einen Stuhl fallen. „Aber da fällt mir ein, die waren doch bis vorgestern verreist. Wann ist es denn passiert?"

„Heute nacht!“ sagte Poire.
„Entsetzlich ... Hat man schon einen Verdacht, ich meine, eine Spur vielleicht?“
„Die Spuren enden im spiritistischen Zirkel, dem Sie ja ebenfalls angehören.“
Caro sprang wieder auf. „Aber niemals“, rief er mit Abscheu in der Stimme, „keiner von uns könnte so was tun.“
„Leider, Monsieur Caro, sehen die Tatsachen anders aus. Wann haben Sie zuletzt von Ihren Bekannten Derval und Ludfrenne gehört?“
„Vor einer Ewigkeit ...“ Caro zuckte ein wenig ratlos mit den Schultern. „Irgendwann bevor sie nach Ägypten reisten.“
Bertin nickte. Dann fragte er: „Ich möchte Sie bitten, uns einen Blick in Ihr Gepäck werfen zu lassen.“
Jean Caro schüttelte verwundert den Kopf. „Sie verdächtigen mich?“
Statt auf die Frage zu antworten, sagte Bertin: „Da wir keinen Hausdurchsuchungsbefehl haben, können Sie uns den Blick in Ihre Koffer natürlich verwehren. In diesem Fall würden wir Sie bitten, uns zur Präfektur zu begleiten.“
Caro machte eine beleidigte Miene und erwiderte kühl: „Bitte, bitte, ich habe nichts zu verbergen. Schnüffeln Sie in meinen Koffern herum, soviel Sie wollen.“
Um Jean Caros Lippen lag ein ironischer Zug, als er zusah, wie die beiden Beamten mit geübten Händen seine Koffer durchforschten.
Inspektor Bertin dagegen schien alles andere als enttäuscht darüber zu sein, daß der Inhalt nur aus gebügelten Hemden, Anzügen und frisch gewaschener Wäsche bestand. Von Miniaturen und Ikonen keine Spur.

Er lächelte Caro freundlich an. „Sie sollten sich ein paar Sachen einpacken, Monsieur Caro, es könnte sein, daß der Aufenthalt bei uns doch etwas länger ausfällt."

„Was soll das heißen?" rief der Makler, jetzt kalkweiß. „Haben Sie vielleicht Diebesgut bei mir gefunden?"

„Das nicht, aber Sie werden uns sicher irgendwann zu dem Versteck hinführen. Es sind drei Dinge, die gegen Ihre Aussagen sprechen!"

„Da bin ich aber gespannt . . ." sagte Caro heiser.

„Sagten Sie nicht, daß Sie gerade von der Reise zurückkämen?"

„Sie sehen doch, daß ich die Koffer hochgetragen habe."

„Ich meine, daß Sie dabei waren, die Koffer hinunterzutragen."

„Das müssen Sie beweisen können!" zischte Caro.

„Wir können es, Monsieur Caro. Wären Sie wirklich gerade zurückgekommen, würde sich der Motor Ihres Wagens heiß oder wenigstens warm anfassen. In der Regel bringen Reisende und Heimkehrende gebrauchte und schmutzige Wäsche mit. Sie dagegen bringen von der Reise nur Frischgebügeltes und Frischgewaschenes mit. Der größte Fehler allerdings war eine sehr unüberlegte Bemerkung, die, im Zusammenhang mit den eben erwähnten Indizien, Sie zum Hauptverdächtigen machen. Ich bin überzeugt, Monsieur Caro, daß Sie der Dieb der Miniaturen und Ikonen sind. Bitte, wir wollen gehen . . ."

Welches war die unüberlegte Bemerkung, auf die Inspektor Bertin anspielte?

nr. 4 Rendezvous in der Lotosblume – Die Geschichte einer Augenzeugin

Personen:
Inspektor
Wachtmeister Böhm
Frau Schiller

Schauplatz:
ein Polizeirevier

Inspektor: (ungeduldig am Telefon) Gibt's denn so was ... Hallo! Hallo, so melden Sie sich doch! – – – Na, endlich! – – – Bitte? – – – Woher soll ich das wissen, ich bin schließlich kein Hellseher. Also nun mal los, ich schreibe mit! – – – Vier Vermummte, drei größere und eine kleinere Person ... Moment, mein Kugelschreiber streikt ... Jetzt weiter! – – – Ah, das könnte eine Frau gewesen sein. – – – Mensch, Krause, machen Sie Ihre Flatterchen weiter auf. Ich habe gesagt: ‚könnte' gewesen sein, nicht ‚ist' gewesen! – – – Nein, ist noch nicht da, aber ich erwarte die Dame jeden Augenblick. Was sagen die Ärzte zu den übrigen 29 Opfern? Wann kann mit deren Einvernahme gerechnet werden? – – – Nicht vor ...
(Klopfen an Tür)
Es klopft, Krause, ich rufe Sie wieder an, sobald ich

mehr weiß. Wie lange haben Sie heute Dienst? – – – Okay, dann bis später!

(erneutes Klopfen)

(ruft) Ja doch, ja doch, herein!

(Tür)

Böhm: (müde) Guten Abend, Herr Inspektor. Das hier ist Frau Schieler!

Frau: (verbessert) Schiller, bitte!

Inspektor: Bitte, Frau Schiller, nehmen Sie Platz. Sie, Herr Böhm, setzen sich am besten hierhin ...

Böhm: Ich steh lieber, Herr Inspektor. Das Sitzen schläfert mich so ein ...

Inspektor: Nanu ...

Böhm: (unterdrückt Gähnen) Ich glaube, daß mir der Nachtdienst nicht bekommt.

Inspektor: Seit wann sind Sie denn schon im Dienst?

Böhm: Seit zweiundzwanzig Stunden. Meine Ablösung, Wachtmeister Schulze, hat sich das Bein gebrochen. Und Wachtmeister Ackermann konnte noch nicht erreicht werden, er ist zum Angeln gefahren.

Inspektor: Na ja, sobald wir hier fertig sind, können Sie sich aufs Ohr legen.

Böhm: Jawohl, Herr Inspektor.

Inspektor: Und nun zu Ihnen, Frau Schiller. Sie befanden sich also während des Überfalls auf die Lotosblume auf dem Schiff. Bitte, erzählen Sie mir jetzt noch einmal den genauen Hergang.

(Geräusch)

Frau: Aber gern ... Was machen Sie denn da?

Inspektor: Sie erlauben doch, daß ich während unserer Unterhaltung das Tonband mitlaufen lasse.

Frau: Hm, ich habe nichts dagegen ... Allerdings, ich müßte ein bißchen weit ausholen.

Inspektor: Weit ausholen? Wie meinen Sie das?

Frau: Nun, weil die Geschichte auch eine Vorgeschichte hat.

Inspektor: (lächelt) Wenn Sie nicht gerade bis zu Ihren Großeltern zurückgehen, bitte, holen Sie aus!

Frau: Also, vor drei Wochen war ich in Langenhafen im Theater. Gespielt wurde das Lustspiel „Der verhexte Besenbinder". Das war ein Stück, in dem ein Besenbinder, der bisher immer nur Besen band, das Besenbinden plötzlich sein ließ und Körbe zu flechten begann. Das war ziemlich ulkig, kennen Sie das Stück, Herr Inspektor?

Inspektor: (räuspert sich) Ich hatte noch nicht das Vergnügen.

Frau: (einsichtig) Ich sehe es Ihrem Gesicht an, was Sie denken. Wissen Sie was, Herr Inspektor, ich möchte Ihnen einen Vorschlag machen. Ich bin eine große Erzählerin und komme immer vom Hundertsten ins Tausendste. Wenn Sie glauben, daß ich in Unwichtigkeiten abgleite, sagen Sie einfach „Stopp!".

Inspektor: (irritiert) Stopp?

Frau: Oder „Pause", wenn Ihnen das besser gefällt.

Inspektor: Wie wär's, wenn ich schlicht und einfach „weiter" sagte?

Frau: (lacht) Ach, „weiter!" wäre natürlich das richtige Wort. Da fällt mir doch auf der Stelle eine Geschichte mit „weiter" ein. Und zwar handelt die von einem furchtbar häßlichen . . .

Inspektor: (trocken) Weiter!

Frau: (stutzt) Weiter? Ach so, das ist jetzt schon ernst. Hm, wo war ich gleich stehengeblieben?

Inspektor: (seufzt) Beim verhexten Besenbinder.

Frau: Stimmt. Also, im Theater von Langenhafen saß neben mir eine junge Frau, mit der ich mich glänzend unterhalten habe. Sie war allein da, weil ihr Mann ein Glühwürmchen ist.

Inspektor: Glühwürmchen? Was, um Himmels willen, ist ein Glühwürmchen?

Frau: Ein Mann, der nachts arbeitet. Und der Mann von meiner Theaternachbarin war oder ist Feuerwehrhauptmann, oder so was Ähnliches auf der Feuerwehrleiter. Und der macht immer eine Woche Tagdienst und eine Woche Nachtdienst. Na ja, jedenfalls fragte sie mich, ob ich das chinesische Feinschmeckerrestaurant „Lotosblume" kenne. Ich sagte nein, und da erklärte sie mir, daß sich dieses Lokal auf einer Art Hausboot befände. Es sei ein schwimmendes Restaurant.

Inspektor: Sie selbst waren vorher noch nie dagewesen?

Frau: Nein. Sie lud mich ein, und ich nahm die Einladung an. (holt tief Luft) Wann trifft man schon mal jemanden, mit dem man sich so gut unterhalten kann?

Inspektor: Und Sie waren für heute verabredet?

Frau: Ja. Heute wollten wir zusammen in der Lotosblume essen ...

Inspektor: Um welche Zeit waren Sie verabredet?

Frau: Sie sagte mir am Telefon, sie hätte für 19 Uhr einen Tisch auf den Namen Haltinger ...

Inspektor: Haltinger ...

Frau: So sagte sie ... bestellt. Ich kam zehn Minuten vor 19 Uhr, doch Frau Haltinger war noch nicht da.

Inspektor: Und der Tisch?

Frau: Der Tisch war reserviert ... (schwärmt) Ein unglaublich exotisches Restaurant mit wunderschönen Lampen und Holzschnitzereien ...

(Im Hintergrund beginnt Wachtmeister Böhm leise zu schnarchen)

... Wären nicht die Kellner, die Gäste und das Essen, man könnte direkt glauben, man befände sich in einem chinesischen Museum ... (erschrocken) Was macht er denn?

Inspektor: (ruft) He, Wachtmeister Böhm!

Böhm: (erschrocken) Ja, Herr Inspektor?

Inspektor: Nichts. Ich wollte nur vermeiden, daß Sie umfallen. Sie haben wie ein Rohr im Schilf geschwankt. Nun setzen Sie sich schon hin.

Böhm: Keinesfalls, Herr Inspektor, ich würde auf der Stelle einschlafen.

Inspektor: Na, im Sitzen ist das doch bequemer als im Stehen!

Böhm: (vorwurfsvoll) Aber Herr Inspektor, ich habe nicht *ein* Auge zugetan.

Inspektor: Stimmt. Es waren beide. Frau Schiller hatte schon Angst, daß Sie ihr auf den Hut fallen.

Böhm: (nuschelt) Muß ein Irrtum gewesen sein ...

Inspektor: Frau Schiller, Sie setzten sich also an den reservierten Tisch und warteten.

Frau: Ja, ich wartete. Eine geschlagene Stunde lang. Plötzlich wurde ich ans Telefon gerufen, und der Feuerwehrhauptmann teilte mir mit, daß ich nicht auf seine Frau warten solle, die läge seit Mittag mit hohem Fieber im Bett.

Inspektor: Seltsame Manieren. Warum hat man Sie dann nicht früher verständigt?

Frau: Das habe ich mich auch gefragt ... Aber Ähnliches ist mir schon mal in Buxtehude passiert. Da war ich mit einem Ehepaar verabredet, dem ich einen teuren Teppich abkaufen wollte. Ich war mit dem Geld da, wer nicht kam, war das Ehepaar mit dem Teppich ... Können Sie sich vorstellen, wie erbost ich war? Geschlagene drei Stunden habe ich damals in Buxtehude gewartet. Und vierzehn Tage später schrieben die beiden ...

Inspektor: Weiter, Frau Schiller!

Frau: Ja, weiter ... Zurück in die Lotosblume ... Da ich nun schon mal da war, bestellte ich mir auch was zu essen. Dabei hatte ich Angst. Sie können sich nicht vorstellen, was da so alles auf den Tellern herumlag. Aber es hat wunderbar geschmeckt. Nur mit den Eßstäbchen bin ich nicht zurechtgekommen. Wenn ich mit denen oben am Mund ankam, war mir längst alles zwischendurch weggerutscht ... Ja, ich war gerade beim Kaffee, als es passierte.

Inspektor: Der Überfall!

Frau: Ja. Drei maskierte Männer mit so furchtbaren Schießprügeln stürzten ins Lokal ...

Inspektor: (wundert sich) Drei?

Frau: Ja, drei!

Inspektor: Aha ...

Frau: Der eine rannte sofort in die Küche und trieb alle Kellner und Köche im Lokal zusammen. Bis auf einen waren es lauter Chinesen.

Inspektor: Wie viele Gäste befanden sich, Ihrer Schätzung nach, zu diesem Zeitpunkt in der Lotosblume?

Frau: Ich habe sie nicht gezählt. Vielleicht zwischen dreißig und fünfunddreißig. Am Nebentisch zum Beispiel saßen zwei sooolche Riesen. Die waren plötzlich sooo klein. Aber so ist das ja meist im Leben ... Da wohnte mal einer vom Wasserwerk neben uns, Hannemann hieß der, der war so lang, daß er fast aus der Dachrinne trinken konnte, aber wenn der irgendwo auf der Straße eine Katze sah, bekam der zuerst eine Gänsehaut und dann das große Rennen.

Inspektor: Und was geschah weiter?

Frau: Hm, was ganz Verrücktes. Einer der drei ging mit Flasche und Glas von einem zum anderen und zwang sie, von dieser teuflischen Flüssigkeit zu trinken. Innerhalb kürzester Zeit schlief jeder ein.

Inspektor: Hat sich niemand geweigert?

Frau: (spitz) Was würden *Sie* tun, wenn man Ihnen so ein gewehrähnliches Ding fast ins Nasenloch schiebt?

Inspektor: Sie zum Beispiel haben *nicht* getrunken. Trotz gewehrähnlichem Ding.

Frau: Ich habe mich in Ohnmacht fallen lassen ... (eifrig) Soll ich es Ihnen mal vormachen?

Inspektor: Bitte ...

Frau: (stöhnt laut und stößt unartikulierten Laut aus)

Inspektor: Danke, danke, sehr eindrucksvoll. Demnach waren Sie also die einzige Augenzeugin?

Frau: Nun, Augenzeugin ist vielleicht ein bißchen übertrieben. Aber geblinzelt habe ich auf Teufel komm raus. Und gut zugehört habe ich ...

Inspektor: (ruft heftig) Wachtmeister!

Böhm: (fährt auf) Hab ... Haben Sie gerufen, Herr Inspektor?

Inspektor: Aber, aber ...

Böhm: Entschuldigung! (gähnt)

Inspektor: Was haben Sie denn nun alles erblinzelt, Frau Schiller?

Frau: Als der letzte eingeschlafen war, rief der Chef der Bande: Und nun zum Aufräumen. Los, Jungs, macht euch an die Arbeit. Ja, und da haben sie die Kellner, die Kasse und Gäste ausgeplündert. Und sie haben nicht nur das Geld genommen, nein, auch den Schmuck der Gäste. Zum Schluß wurde sogar noch im Büro das Telefon aus der Wand gerissen ... ich meine, der Anschluß ... Na ja, als sie verschwunden waren, bin ich zum Fenster gerannt und konnte gerade noch sehen, wie sie in einem Auto wegfuhren.

Inspektor: Könnten Sie die Täter beschreiben, Frau Schiller?

Frau: Also ... der ... der Anführer erinnerte mich, obwohl er eine Maske trug, an meinen Hauswirt, den Herrn Poltermeier. Die gleiche kreischende Stimme und die gleichen brandroten Haare. Außerdem trug er ziemlich ausgefranste Bluejeans. Und Linkshänder war er.

Inspektor: Fiel vielleicht auch ein Name?

Frau: Ja, die anderen riefen ihn Jochen.

Inspektor: Jochen ... das ist immerhin was.

Frau: Und der kleinste der drei wurde „Zwirn" gerufen.

Inspektor: Was, Zwirn, wie Zwirn zum Nähen?

Frau: Ja, so hörte es sich wenigstens an. Vielleicht, weil er dünn war wie ein Zwirnsfaden. „Zwirn, nimm dem dicken Rollmops die Uhr ab!" „Zwirn, vergiß die Brieftasche von dem Mäusezahn nicht!" So ging es in einem fort ... Ja, und der mittlere, der hatte keinen Namen, gerufen wurde der nur „Dicker".

Inspektor: War er denn auch dick?

Frau: Wie ein Heringsfaß so rund.

Inspektor: Sind Ihnen bei dem Dicken und dem Mann namens Zwirn irgendwelche Besonderheiten aufgefallen, die uns bei der Fahndung helfen könnten?

Frau: Besonderheiten? (denkt laut nach) Besonderheiten ... Besonderheiten ... Ja, warten Sie mal ... der Zwirn zum Beispiel zog das linke Bein ein bißchen nach. Und einen ziemlich schmutzigen Trenchcoat hatte der an. Und der Dicke war auf dem rechten Handrücken mit einem großen Muttermal ausgestattet. Sah aus wie ein Schmetterling. Und immer wieder hat er seinen Kopf geschüttelt, weil er nicht begreifen wollte, daß jemand mit solch langen Streichhölzern essen konnte.

Inspektor: Er meinte die chinesischen Eßstäbchen?

Frau: Ganz recht. Also, da gab's Leute im Lokal, die fischten mit diesen Stäbchen noch das letzte, winzigste Krümelchen vom Teller. Das waren die reinsten Artisten. Ich dagegen . . . na ja, reden wir nicht davon. Mir hat mal einer erzählt, daß man vier Monate lang von früh bis abends üben müsse, bis man das könne. An dem Tisch gegenüber zum Beispiel, da saß einer, der hat voller Wut die Stäbchen auf den Tisch gepfeffert und mit den Fingern weitergegessen, bis ihm der Kellner eine Gabel brachte. Also, ich sage Ihnen, Herr Inspektor, da habe ich . . .

Inspektor: Weiter!

Frau: (schulterzuckend) Ja, eigentlich bin ich schon am Ende . . . Weiter geht's nicht. Alle haben noch einen Köm getrunken.

Böhm: Ja, Herr Inspektor?

Inspektor: Sie haben sich verhört. Von *Köm* war hier die Rede, Herr Böhm . . . Aber Sie können Ihre Mütze gleich aufbehalten, die Märchenstunde ist nämlich zu Ende.

Böhm: Mä . . . Mä . . . Märchenstunde?

Inspektor: Ganz recht. Diese Dame gibt sich allergrößte Mühe, uns auf eine falsche Spur zu bringen.

Frau: (empört) Aber Herr Inspektor, wie können Sie so etwas behaupten . . . Ich werde Sie verklagen!

Inspektor: Sie haben die Bande wegfahren sehen. Es waren doch drei – oder?

Frau: Ja, drei. Ein großer Mann, ein dünner und ein dicker mittelgroßer . . .

Inspektor: Es waren vier, Frau Schiller, oder wie Sie sonst heißen. Vier!

Frau: Vier?

Inspektor: Der vierte waren nämlich Sie!

Frau: Mich trifft der Schlag.

Inspektor: Bitte, fallen Sie ruhig in Ohnmacht. Vorher jedoch will ich Ihnen erzählen, wie sich die ganze Sache meiner Meinung nach abgespielt hat ... Übrigens, für die vierte Person haben wir einen Zeugen. Einen ehrenwerten Zeugen – einen Nachtwächter ... oder wie Sie zu sagen pflegen: ein Glühwürmchen. *Sie* wurden dazu ausersehen, die Lage in der Lotosblume auszukundschaften. Der Anruf war nicht vom Feuerwehrhauptmann, sondern von einem Ihrer Komplizen. Und in Ohnmacht fielen Sie ausschließlich für die übrigen Gäste. Sie mußten ja glaubwürdig sein als Opfer. Übrigens, Sie sind der erste Blinzler, der sogar um die Ecken blinzeln kann. Und daß unser Glühwürmchen Sie nicht als Frau erkannt hat, liegt zum einen daran, daß Sie einen Hosenanzug tragen, und zum anderen, daß der arme Mann extrem kurzsichtig ist.

Frau: (beschwörend) Aber das war doch alles ganz anders. Außerdem würde Sie jeder Richter auslachen, wenn Sie mit einem kurzsichtigen Zeugen kämen ... Hören Sie, wenn ich zur Bande gehörte, würde ich doch nicht die Polizei verständigen.

Inspektor: Das war eben ein Teil des raffinierten Planes. Ihre Aufgabe sollte es sein, uns hinter irgendwelchen Fantasiegaunern herzuhetzen. Einem Dünnen, einem Hinkenden und einem Dicken.

Frau: Das müssen Sie alles beweisen können, Herr Inspektor.

Inspektor: Das kann ich, seien Sie ohne Sorge. Sie selbst

haben dafür gesorgt, daß ich nicht mit leeren Händen dastehe! Wachtmeister, führen Sie die Märchentante ab. Aber schlafen Sie unterwegs nicht ein.

Böhm: (beleidigt) Ich schlafe nie im Dienst, Herr Inspektor.

Inspektor: Dann gute Nacht ...

„Sie selbst haben dafür gesorgt, daß ich nicht mit leeren Händen dastehe!" hatte der Inspektor gesagt, und damit behauptet, daß sich Frau Schiller selbst durch leichtsinnige Äußerungen unglaubwürdig gemacht hat. Worauf spielte er damit an?

nr. 5 Nachtpost

Es war 2 Uhr 35 morgens.
In dem zweistöckigen Haus am Waltergraben herrschte rundherum Nachtruhe. Alle schienen zu schlafen. Doch der friedliche Eindruck war ein trügerischer, denn in diesem Augenblick öffnete sich geräuschlos eine Tür. Ein Kopf schob sich heraus, dann eine Gestalt, die sich flink und zielbewußt bewegte.
Es klang seltsam hohl, als der Brief auf dem Boden des Briefkastens aufschlug.
Genau drei Sekunden später zog der nächtliche Postbote seine Wohnungstür wieder leise ins Schloß.

Boris Kentrow war der letzte Bewohner des Hauses, der an diesem Samstag morgen seine Post heraufholte. Und während er die Treppen zu seiner Wohnung hochstieg, sah er sich die einzelnen Postsachen an:
Eine Menge Werbung, wie immer um diese Jahreszeit, ein paar Briefe ...
Doch bei einem Brief stutzte Boris Kentrow.
Weder Briefmarke noch Absender waren darauf.
Nur sein Name stand da.
Kentrow, den ein unangenehmes Gefühl beschlich, wendete ihn zwei-, dreimal hin und her, schließlich steckte er ihn wieder zu den anderen zurück. Als er ihn dann während des Frühstücks las, blieb ihm der vielzitierte Bissen wirklich im Halse stecken.

„Es wird höchste Zeit, daß Sie sich eine andere Wohnung suchen. Sie passen in die Mieterschaft wie ein faules Ei in den Likör. Sie sind alles in allem ein Schandfleck für die ganze Umgebung. Wer Motorrad fährt und sich wie ein Rocker kleidet, sollte unter seinesgleichen wohnen. Also, hauen Sie ab! Verschwinden Sie! Je eher, je besser!"

So lautete das anonyme Schreiben.
Barpianist Boris Kentrow las den Brief mehrere Male und versuchte dabei, hinter das Geheimnis des Absenders zu kommen. Schließlich legte er die angebissene Semmel beiseite und lehnte sich in seinem Stuhl zurück, um über seine Nachbarschaft ungestört nachzudenken.
Wer kam als anonymer Schmierfink nun wirklich in Frage?
Er selbst wohnte im 2. Stock, neben ihm die Familie Klenk, mit der er sich blendend verstand. Unter ihm der Museumsangestellte Heiner Gockel mit Frau und Dackel. Daneben wohnte Ulf Stickh mit Tochter. Beide waren bei der Post beschäftigt. Und im Parterre: Da war einmal das Ehepaar Gladewitz; Siegfried Gladewitz hatte sein Auskommen bei einer Versicherung, während seine Frau dazuverdiente, indem sie in einer Lottoannahmestelle aushalf. Gegenüber von ihnen wohnte das Rentnerehepaar Harms, aber die konnte er gleich streichen, denn die waren seit drei Wochen bei ihrer Tochter in Irland.
Vier Namen blieben also übrig. Unter ihnen mußte der Briefschreiber sein. Klenk . . . Gockel . . . Stickh . . . oder Gladewitz. Welcher war es?
So sehr sich Kentrow auch anstrengte, er fand keinen, dem er den Brief zutraute. So beschloß er, das gehässige Schrei-

ben mittels Heftzwecke am kleinen schwarzen Brett für Hausmitteilungen anzubringen. Mal sehen, was die anderen meinten ...

Nun, wir kennen den anonymen Briefschreiber bereits. Oder? Wer war es?

nr. 6 Komplize mit Fliege

Sie saßen schweigend nebeneinander.
Seit mindestens fünf Minuten hatte keiner von ihnen ein Wort gesagt. Das zusehends näher rückende Ziel schien ganz offensichtlich ihre Anspannung verstärkt zu haben. Darüber hinaus war wohl jeder bemüht, dem anderen die eigene Nervosität zu verbergen. Der Job, den sie vorhatten, verlangte Kühle, Beherrschtheit und keine Gefühle, die verunsicherten.
„Dort, das ist der Parkplatz!" rief Hannes Rott und deutete nach vorn auf ein blaues Hinweisschild.
Peter Fabian trat auf die Bremse und fluchte: „Verdammt, das konntest du auch eher sagen."
Die Geschwindigkeit des roten, in Frankfurt gestohlenen Mercedes 280 SL mit dem in Hamburg gestohlenen Kennzeichen verringerte sich rapide. Trotzdem ließ sich nicht vermeiden, daß die Reifen kreischten, als Fabian in den Parkplatz einbog.
Rott erklärte: „Von hier bis zur Ausfahrt sind es noch drei Kilometer, von der Ausfahrt bis zur Südbank nochmals vier. Wir kommen mit der Zeit genau hin."
Sie warteten mit dem Aussteigen, bis der vor ihnen haltende PKW, ein Kombi mit drei Surfbrettern auf dem Dach, wieder startete und sich in den relativ schwachen Mittagsverkehr eingereiht hatte.
Eilig gingen sie zum Kofferraum.
Sie schlüpften in die langen, bis fast zum Boden reichen-

den Lodenmäntel und griffen nach ihren Masken. Das heißt, in diesem Augenblick stieß Peter Fabian ein lästerliches Schimpfwort aus.
„Was ist los?“ wollte Rott wissen. Er war sichtlich erschrocken.
„Meine Maske ist weg!“
„Wieso weg? Warum soll die weg sein?“
„Sie muß mir heute morgen aus dem Mantel gerutscht sein“, erwiderte Fabian mit düsterem Gesichtsausdruck, während er auf Rotts Pudelmütze mit den eingeschnittenen Augenlöchern sah.
„Was machen wir jetzt?“
Hannes Rott, entschlossen, der Angelegenheit keine übermäßige Bedeutung beizumessen, knüpfte sich sein Halstuch ab und reichte es Fabian.
„Hier, das erfüllt den gleichen Zweck!“
Anschließend entnahm er der rechten Vertiefung in dem schmalen Kofferraum ein rollenähnliches Päckchen. Es enthielt zwei Leinensäcke, die um zwei Pistolen gewickelt waren.
Sie stiegen wieder ein.
„Mensch, nun zieh nicht so ein Gesicht!“ brummte Rott, dem Fabians finstere Miene mißfiel.
„Ist doch völlig gleich, was du vor der Visage hast. Außerdem fällt dir mit dem Tuch das Reden leichter als unter der dicken Zipfelmütze.“
„Ich hatte von Anfang an einen Widerwillen gegen diesen Coup!“ stieß Fabian hervor. Und mit Nachdruck: „Du weißt, ich kann mich auf Esmeralda verlassen. Ihre Karten haben noch nie gelogen.“
„Rutsch mir samt deiner verdammten Zigeunerin den Buckel runter“, schimpfte Rott, den Fabians Aberglaube ebenso störte wie die Warze in seinem Ohr.

Doch Fabian ließ sich nicht beirren: „Außerdem arbeite ich ungern mit Komplizen, die in Maßanzügen stecken und nach 4711 riechen.“

„Hat dir das auch deine Esmeralda eingeflüstert?“

„Quatsch!“

„Schließlich kann nicht jeder wie deine Zigeunerin nach einer Knoblauchplantage stinken.“

„Die sogenannten feinen Komplizen halten nicht dicht. Wenn denen einer kräftig auf die Zehen tritt, singen die schneller, als die anderen mitschreiben können.“

„Unsinn. Unser Mann steckt so tief im Schlamassel, daß er es sich gar nicht leisten kann, unvorsichtig zu sein.“

„Es reicht, wenn er beim Verhör einen einzigen Fehler macht!“ konterte Fabian.

Als Rott nicht antwortete, zuckte er mit den Schultern und erkundigte sich: „Soll ich losfahren?“

„Fünf Minuten warten wir noch. Präpariere das Halstuch so, daß du es dann nur noch hochziehen mußt.“

Peter Fabian nickte. Er legte sich das beige-braune Seidentuch über die Nase und verknotete es am Hinterkopf. Anschließend schob er es über das Kinn auf den Hals. Es würde sich in Sekundenschnelle hochziehen lassen.

Stumm saßen sie da und hingen ihren Gedanken nach. Der arbeitslose Drucker Hannes Rott, 28 Jahre, und der ehemalige Buchhalter Peter Fabian, 26 Jahre. Sie wußten, was auf sie wartete: drei Bankangestellte und die Lohngelder der Vönslauer Gummiwerke. Unter den Angestellten war auch ihr Komplize, der Mann mit der Fliege. Ein Bankbeamter, der bei Pferdewetten alles verloren hatte, was ein Mann mit Gehalt und ohne Vermögen verlieren konnte. Genau ein Drittel der Beute sollte er bekommen, so hatte es Rott mit ihm ausgemacht.

„Fahr los!“ sagte Rott in diesem Augenblick.

Ihrem Plan gemäß mußten sie kurz vor 12 Uhr mittags vor der Bank sein, um die Schalterhalle Sekunden vor Schließung betreten zu können.
Vier Minuten fehlten noch an Vollendung der 12. Stunde, als sie den kleinen Parkplatz neben der Filiale erreichten. Von diesem Standort aus konnten sie genau beobachten, wenn sich der Angestellte mit dem Schlüssel der Tür näherte. *Der* Angestellte, der der dritte Mann sein sollte ...
Es war soweit!
Raschen Schrittes eilten sie dem Eingang zu, vor dem sie zur gleichen Zeit mit dem Mann mit der Fliege im Inneren der Filiale eintrafen. Der stieß einen Warnruf aus und versuchte vergeblich, den Schlüssel ins Schloß zu bringen. Fabian zog das Halstuch hoch, Rott zerrte sich die Pudelmütze über das Gesicht. Mit Gewalt drückten sie die Tür auf.
Während Rott mit gezogener Pistole auf die beiden anderen Bankleute zusprang, zwang Fabian den Mann mit dem Schlüssel, die Tür abzuschließen. Keiner der wenigen Passanten schien etwas von dem Vorgang bemerkt zu haben. Martin Hoff, der Filialleiter, und Udo Lengele, der Kassierer, starrten zuerst stumm auf Rott und die auf sie gerichtete Waffe, dann aber richteten sich ihre Blicke auf ihren Kollegen Alfred Willke, der von dem zweiten Täter vorwärts gestoßen wurde.
„Los, gehen Sie schon", fauchte Fabian unter seinem Tuch hervor. „Das hier ist kein gemütliches Kaffeekränzchen. Außerdem, wozu Schwierigkeiten machen, ihr seid doch ohnehin versichert!"
Da sich Willke nur schwerfällig und widerwillig bewegte, rammte ihm Fabian ein ums andere Mal den Lauf der Waffe zwischen die Schulterblätter.

Hannes Rott zog die beiden zusammengerollten Leinensäcke aus der Tasche und warf einen davon dem Kassierer in seinem abgeteilten Kassenraum zu.
„Voll machen!"
„Mein Gott, das rentiert sich doch nicht", erwiderte Lengele, und man sah ihm an, daß es ihm ernst war mit diesem Einwurf. Er konnte das höhnische Grinsen auf Rotts Gesicht nicht sehen, aber etwas davon lag auch in dessen Stimme, als er jetzt zurückgab: „Das vielleicht nicht, obwohl wir auch an ein paar Tausendern Wechselgeld interessiert sind. Uns kommt es in erster Linie auf die Lohngelder für die Gummifabrik an." Lengele und der Filialleiter Hoff wechselten einen stummen Blick, und ein wenig zu hastig versicherte Lengele: „Da sind Sie falsch informiert. Die Lohngelder für die Vönslauer kommen erst heute nachmittag." Der zweite Satz klang regelrecht feierlich.
„Quatsch!" fauchte Rott. „Die sind seit elf Uhr im Tresor." Und nun wurde seine Stimme kalt und schneidend: „Entweder freiwillig oder als Zuschauer vom Parkett aus. Ich gebe euch fünf Sekunden Zeit zum Überlegen!"
Er begann laut zu zählen.
In diesem Augenblick schien bei Willke, dem Mann, der die Kredite bearbeitete, eine Sicherung durchzubrennen. Er warf sich herum und versuchte Peter Fabian die Waffe aus der Hand zu schlagen. Doch Fabian reagierte postwendend. Blitzschnell trat er einen halben Schritt zurück, holte aus und traf Willke mit dem Lauf der Pistole oberhalb der linken Schläfe. Mit einem Schmerzenslaut sank der Kreditfachmann auf die Knie.
„Aber jetzt ist der Spaß zu Ende!" schrie Rott wütend. „Wo sind die Lohngelder?"
„Unten im Tresor!" antwortete der Kassierer mit einem heiseren Flüstern, rührte sich jedoch nicht von der Stelle.

Rott setzte über den Tresen und stieß dem zurückweichenden Filialleiter die Pistole in den Magen.
„Gehen wir hinunter. Aber ein bißchen mit Beeilung. Ich habe nicht die Absicht, meinen Urlaub hier zu verbringen."
Der Kassierer hatte sich mittlerweile nach dem Leinenbeutel gebückt. Nackte Angst stand in seinen Augen.
„Der reicht aber nicht für das Geld."
„Wir werden unten schon was finden!" nickte Rott.
An der Tür angelangt, wandte sich Martin Hoff noch einmal zurück. „Denken Sie daran, daß Mut an falscher Stelle nur schadet, Herr Willke. Gehen Sie keine unnötigen Risiken ein."
Willke, der sich auf einen der Hocker vor den Schreibpulten gesetzt hatte und ein Taschentuch gegen die blutende Wunde preßte, nickte dem Filialleiter zu.
„Es kommt auch wieder anders ..."
12 Uhr 05 verschwanden Hannes Rott und die beiden Männer nach unten Richtung Gewölbe. 12 Uhr 14 kamen sie zurück. Der Bankkassierer trug die beiden prallgefüllten Leinensäcke. Mit einer Geste, die gleichzeitig Abscheu und Machtlosigkeit dokumentieren sollte, warf er sie in die Schalterhalle.
Eine Minute später drehte sich hinter den drei Bankangestellten der Schlüssel im Schloß der Tür, die zum Büro Hoffs führte. Sie rissen das vergitterte Fenster, das sich auf der Hofseite befand, auf und riefen um Hilfe.
Zur gleichen Zeit spazierten Rott und Fabian unter Zurücklassung von Mänteln und Masken in aller Ruhe vorn hinaus und fuhren weg.
Zwölf Minuten später traf die Polizei vor der Bank ein. Was das Aussehen der Räuber anbetraf, so konnten die drei Bankangestellten keine Hilfestellung geben. Das Stu-

dium der sogenannten „Verbrecherkartei“ erübrigte sich dadurch leider.

Und doch sollte die Geschichte noch ein seltsames Ende nehmen.

Bereits nach zwanzig Minuten Fahrt erwischten die beiden Bankräuber mit dem rechten vorderen Reifen den zersplitterten Fuß einer weggeworfenen Cola-Flasche.

Der Reifen zerfetzte bis zur Unkenntlichkeit, und einem Alleebaum blieb es vorbehalten, die rasende Fahrt zu bremsen.

Als Fabian und Rott erwachten, lagen sie nebeneinander in einem abgedunkelten Raum des Gefängnishospitals.

Und der dritte Mann ...?

Nun, auch er sollte die Affäre nicht unbeschadet überstehen.

Nachdem sich die erste Aufregung gelegt hatte, begann Martin Hoff, der Filialleiter, immer öfter über ein bestimmtes Detail nachzudenken, das so gar nicht in den Ablauf der Ereignisse passen wollte.

Und wenn er die Dinge logisch betrachtete, ergab sich eigentlich nur eine Lösung: Alfred Willke wußte mehr, als er zugegeben hatte.

Als Martin Hoff Kommissar Terland diese seine Vermutung mitteilte, begann damit für den Mann mit der Fliege das unrühmliche Ende seiner Bankkarriere ...

Über welches Detail war der Filialleiter gestolpert?

nr. 7 Balduin Pfiff und die Ballade vom Nachtwächter

Es war ein wunderschöner milder Märzabend, den der Meteorologe im Fernsehen mit gewichtig-wichtigem Lächeln als „für die Jahreszeit zu warm" bezeichnete.
Die „Kellerschenke", ein beliebter Treff für Leute aller Gesellschaftsschichten, war gestopft voll.
Es roch nach Rauch, Bier, Kaffee und Suppe, und durch diese duftgeschwängerte Atmosphäre schwirrten Gesprächsfetzen, Lachen und das Klirren von Geschirr.
An einem kleinen Tisch mit zwei Stühlen, nicht weit von der Tür entfernt, saß ein Mann, und es war ganz offensichtlich, daß er auf jemand wartete. Ein dutzendmal schon hatte er den Kopf auf die Frage geschüttelt, ob dieser Platz noch frei sei.
Er mochte so zwischen fünfzig und sechzig Jahre alt sein und schien bemüht, den Eindruck eines gepflegten Herrn zu vermitteln.
Plötzlich sprang er auf, fuchtelte wie wild mit dem Arm und rief: „He, Schniffi, hier!"
Der unrasierte Mann mit dem etwas wirren Haarschopf, der ihm rundum unter dem Hut vorsah, grinste und steuerte auf den Rufer zu.
Egon Weller, wegen seiner Polypen in der Nase mit dem Spitznamen „Schniefer" oder auch „Schniffi" versehen, ließ sich, ohne den verbeulten Hut vom Kopf zu nehmen

oder den sicher schon Generationen alten Mantel auszuziehen, auf den reservierten Stuhl fallen.
„Ich hab gedacht, mich zwickt ein Kakadu, als ich deinen Zettel fand ..." lärmte Schniffi in krächzigem Polypen-Dur, was seinen Bekannten zu einem gezischten „Psssst!" veranlaßte.
„Ist was?" wollte Schniffi wissen.
„Tu gefälligst den Hut runter und zieh den Mantel aus, du bist hier nicht im Wald!"
Egon protestierte energisch: „Bin ich verrückt? Die Welt ist voller Diebe und Halunken, soll ich mir vielleicht das gute Stück klauen lassen? Ich hatte noch nie einen Mantel, der so gut wärmte!"
„Dann setz wenigstens den Hut ab, Schniffi. Du blamierst ja die ganze Innung!"
Mit einem undefinierbaren Grunzton grapschte Schniffi nach dem verbeulten, schäbigen Filz und ließ ihn neben sich auf den Boden fallen. Und dann grinste er breit und neugierig und fragte: „Fein biste. Richtig nobel. Haste geerbt, Atze?"
„Nee, ich arbeite!"
Schniffi, alias Egon Weller, verzog angeekelt das Gesicht.
„Richtig arbeiten?"
Atze nickte.
„So mit früh und abend, Lohnzettel und Kantine?"
Wieder Nicken.
„Was darf's sein?"
Der Kellner machte ein Sandsteingesicht, als er den nach Natur duftenden Gast musterte, ohne ihn zu sehen.
„Was trinke ich, Atze?"
„Was willste denn?"
„Bin ich eingeladen?"

„Biste!“
„Dann kann's ja was Besseres sein, was?“ Schniffi stieß ein dröhnendes Hack-Hack-Lachen aus, das plötzlich abriß. Er musterte den Kellner von oben bis unten und ebenso langsam wieder zurück. Und dann schnauzte er ihn an: „Ich trinke drei Glas Rotwein und ein großes Bier!“
„So viel?“ staunte Atze. Und der Kellner: „Bitte, möchten Sie die Getränke nach und nach oder auf einmal?“
„Auf einmal!“ gab Schniffi schnell zurück. „Was ich hab, das hab ich, da kann kein Fremder seinen Schnabel reinhängen.“
„Bitte, wie Sie wünschen!“ sagte das Sandsteingesicht ungerührt.
„Willste nicht vorher was essen?“ erkundigte sich Atze besorgt bei seinem Gast. Der nickte. Begeistert und ernsthaft.
„Du hast recht, Atze, man soll das Essen nicht vergessen. Also, Herr Kellner, als Vorspeise nehme ich zwei Gläschen Rum mit Pfeffer!“
Der Kellner verschwand, und Schniffi zeigte mit dem Daumen hinter ihm her.
„Den hat's getroffen, was? Spielt den feinen Pinkel und hat am Zeigefinger einen dreckigen Fingernagel. Haste gesehen, wie der chemisch gereinigt geguckt hat, als ich meine Vorspeise bestellte?“
Atze schüttelte rügend den Kopf.
„Auf 'ne Diplomatenhochzeit kann man mit dir nicht gehen, Schniffi!“ Und er tat wie ein besserer Herr.
Schniffis Hand fuhr in die Tasche und kam mit einem zerknautschten Streifen Stoff wieder zum Vorschein. Dabei grinste er von einem Ohr zum anderen.
„Für 'ne Diplomatenhochzeit bin ich bestens ausgerüstet!“ Er strich über den Streifen, dem man jetzt ansah, daß

er einst als Krawatte bessere Tage erlebt hatte.
„Sieht ja grauslig aus", sagte Atze und verzog angeekelt die Lippen. „Wozu schleppste denn so 'ne Antiquität mit dir rum?"
„Wenn ich auf ein Amt muß, putze ich mir vorher damit die Schuhe. Ist doch mein Schuhputzlappen. Oder denkst du vielleicht, ich laß mir nachsagen, ich sei ein Schw. . . ein Ferkel?" Schniffi knüllte die Mehrzwecktextilie zu einem Ball zusammen und ließ sie wieder verschwinden.
Und dann nahm er den Faden wieder auf: „Also richtig arbeiten tuste?"
Atze nickte.
„Ich bin Nachtwächter!"
Schniffis Kinnlade fiel vor Erstaunen Richtung Hals.
„Nachtwächter?" wiederholte er und schluckte.
„In einem großen Kaufhaus, Schniffi. Ist eine Vertrauensstellung, Schniffi. Ich bin richtig angesehen, was sagste jetzt?"
Schniffi schien sich nicht klar darüber zu sein, ob er nun in Ehrfurcht erstarren oder aber in Verachtung machen sollte. Sicher gab die gespendete Bestellung den Ausschlag bei seiner vorsichtigen Formulierung.
„Aha, so einer biste jetzt, ein Angesehener . . ." Und in seinen Augen war zu lesen, was er von einem hielt, der sich in Knechtschaft begeben hatte und durch Arbeit zu Geld kam. Schließlich nickte er melancholisch und brummte: „Hoffentlich kommt mein Zeug bald, ich habe jetzt richtiggehend Hunger . . . nach so einem Schreck . . ."

Ich saß da und wartete höflich, wie es weiterging. Doch, beim spinnebeinigen Bonifatius, es ging nicht weiter. Mein Besucher, der Kaufhausdetektiv Adam Singer, saß da und tat, als könne ich Gedanken lesen.

Also sagte ich: „Na, und weiter?"
„Nichts weiter! Von diesem Augenblick an habe ich kein Wort mehr verstanden. Sie haben die Köpfe über dem Tisch zusammengesteckt und nur noch getuschelt."
Ich lehnte mich in meine Sofaecke zurück, kraulte Pinsel, der sich über meine Knie gelegt hatte, und erkundigte mich: „Sind Sie sicher, daß Sie dieser ... wie hieß dieser Atze gleich wieder?"
„Arthur Stich!"
„Daß dieser Arthur Stich Sie nicht erkannt hat?"
„Ich saß hinter seinem Rücken, durch eine Säule verdeckt. Er hätte mich nicht mal sehen können, wenn er sich umgedreht hätte."
„Hm", überlegte ich laut, „da trifft also ein Kaufhausnachtwächter einen ... einen ..." ich suchte nach dem richtigen Wort.
„Einen ganz schlimmen Penner!" half Singer.
„... bezahlt ihm einen Haufen Getränke und drückt ihm zum Schluß noch was in die Hand! Sie vermuten, daß es ein Schlüssel war."
Kollege Singer nickte.
„Und jetzt befürchten Sie, daß der Nachtwächter seinen Bekannten eingeladen hat, bei ihm einzubrechen ...?!"
Singer blickte traurig drein und zuckte mit den Schultern.
„Befürchten hieße verdächtigen. Ich verdächtige ungern jemanden. Und weil das so ist, bin ich zur Geschäftsleitung gegangen und habe vorgeschlagen, daß man einen Meister seines Fachs bittet, den Nachtwächter einmal unter die Lupe zu nehmen. Ich kann es leider nicht, weil er mich kennt."
„Wie sieht denn sein Lebenslauf aus?" erkundigte ich mich.

„Hat's hier und da probiert. Dazwischen klafft eine Lücke von sieben Jahren."
„Vorstrafen?"
„Nein, darüber ist nichts bekannt. Ich könnte mir denken, daß er in den sieben Jahren ein Weggenosse dieses Schniffis war."
„Konnten Sie über den Näheres erfahren?"
„Ich bin ihm nachgegangen. Er logiert zur Zeit mit zwei anderen finsteren Typen draußen in den alten Lagerschuppen der ehemaligen Lackfabrik von Hackel & Bims, die demnächst abgerissen werden."
Obwohl ich mich ungern in die Arbeit anderer Detektive mische, sagte ich zu. Schließlich brauchte man mich. Wie hatte es Adam Singer genannt: Ein Meister seines Fachs müsse her! Na, bei Pimpi, dem Latschenschwinger, da kam ja wohl kein anderer in Frage als der einzige Enkel meines Großvaters Kuno Pfiff, was? Auf der anderen Seite sei zugegeben, daß mich dieser Nachtwächter in der Tat zu interessieren begann.
Schade, daß der Enkel meines Großvaters Kuno zwar mit einer tollen Nase ausgestattet war, jedoch keine hellseherischen Fähigkeiten besaß. So tappte er mitten hinein in die dicke Geschichte vom mageren Nachtwächter, ei der Daus und heiliges Kanonenröhrchen ...

Arthur Stich, der Nachtwächter, war das dünnste Männchen, in dessen Schatten ich je gewandelt bin. Seit drei Tagen beobachtete ich ihn und kam kaum aus dem Staunen heraus.
Arthur schien nicht nur die gute Laune und die Fröhlichkeit gepachtet zu haben, er gab sich auch als großer Menschen- und Tierfreund.

Jeden Tag, punkt 13 Uhr, marschierte er mit mehreren Tüten bepackt in den Grillparzer-Park und fütterte Tauben und Schwäne.
Sobald er in die Nähe seiner Dachwohnung kam, lupfte er an die hundertmal den Hut. Dabei war ich sicher, daß nur ein kleiner Teil der so gegrüßten Passanten den Nachtwächter kannte.
Arthur Stich ging an keinem Kinderwagen vorbei, ohne hineinzuschauen und der jeweiligen Mutter ein paar Worte zu sagen. Es mußten hübsche Worte sein, denn jedesmal danach strahlten die Mütter, als habe man sie soeben beschenkt.
Ich war so neugierig auf diese Worte, daß ich ihn beim nächsten Kinderwagen gerade zur rechten Zeit überholte. „Es ist das hübscheste Kind der Welt!" hörte ich ihn sagen. Diesmal schien es die Oma zu sein, die daraufhin voller Stolz aufblühte wie eine frisch begossene Aster. Nicht ein einziges Mal dagegen traf ich diesen „Schniffi", von dem der Kaufhausdetektiv Adam Singer gesprochen hatte.
Was also beschließt in diesem Fall ein Meisterdetektiv, wenn er Balduin Pfiff heißt? Er beschließt, dem unbekannten Lagerschuppenbewohner einen Besuch abzustatten. Oder anders ausgedrückt: Der Pfiffi guckt mal nach dem Schniffi, hehehehehe ...

Ich zog meine ältesten Sachen an, steckte eine Flasche Rotwein in die ausgebeulte Manteltasche, erklärte Pinsel, daß die Umgebung, in die ich mich begeben wollte, keine Umgebung für ihn sei, und machte mich auf den Weg zum Gelände von Hackel & Bims.
Es ging auf fünf zu, als ich mich den abbruchreifen Hallen näherte.

Von irgendwoher drang ein Duett an meine Ohren. Zwei Männerstimmen lärmten ziemlich unmusikalisch das Lied vom treuen Husar ...
Mit der Rotweinflasche in der Hand ging ich dem Krach nach und stand wenig später mitten im „Wohnzimmer" von Schniffi und Kompagnon, einem Wandersmann von etwa vierzig Jahren.
Sie saßen sich gegenüber, und jeder hielt eine Flasche in der Hand. Als sie mich sahen, verstummten sie.
Adam Singers Beschreibung von Egon Weller war so genau, daß ich ihn selbst unter hundert erkannt hätte.
„Was iss'n?" fragte Schniffi.
„Prost!" sagte ich und schwenkte meine Flasche.
Ohne große Vorrede zog ich mir eine Kiste heran und setzte mich, während sie wie auf Kommando ihre Flaschen hoben und mein Prost erwiderten.
„Heiße Pfiffi!" stellte ich mich vor.
„Ich bin Egon!" sagte Schniffi mit Polypenstimme.
„Ich bin Schorschi!" sagte der dritte. Keiner fragte mich nach Woher und Wohin. Ich war Pfiffi, ich war da – das genügte.
Nach zwei Stunden etwa beugte ich mich vor und sagte leise: „Ich hab 'n Tip gekriegt. Wenn ihr wollt, könnt ihr mitmachen!"
„Wobei?" fragte Schniffi, und Mißtrauen blitzte in seinen verschmitzten Augen auf.
„Kleiner Kaufhauseinbruch. Soll leichter sein wie 'n Ei zu knacken. Ich lad euch ein! Is' nur 'n alter Nachtwächter da. Kein Problem. Prost! Sagt ja, und wir sind Partner!"
Die beiden warfen sich einen verstohlenen, vielsagenden Blick zu.
„Wann?" fragte Schorschi.
„Irgendwann nächste Woche, wenn der Mond nicht so

hell scheint!“ gab ich zurück und tat, als sei ich Al Capone höchstpersönlich.
„Iss nicht!“ schüttelte Schniffi den Kopf.
„Warum nicht, beim plattfüßigen Kasimir? So’n Angebot kriegt ihr nicht alle Tage. He, was ist mit dir, Schorschi?“
Und Schorschi erwiderte gar nicht mehr freundlich: „Am liebsten würden wir jetzt wieder allein sein ...“
Schniffi nickte zu der Aufforderung an mich, zu verschwinden.
Ich quälte mich ächzend in die Höhe und sagte: „Na, dann nicht, liebe Tante, heirate ich den Onkel!“ Mit beleidigter Miene trollte ich mich von dannen. Ich schimpfte vor mich hin, so lange sie mich sehen konnten. Hinter einer leeren Kabelrolle ging ich in Deckung.
Fünf Minuten vergingen, da tauchte Schniffi auch schon auf. Er schien es ziemlich eilig zu haben, denn mit Riesenschritten verließ er das frühere Betriebsgelände von Hakkel & Bims.
Weitere fünf Minuten später kannte auch ich sein Ziel: eine Telefonzelle. Wild gestikulierend redete er auf jemanden ein. Als er den Hörer wieder einhing, tat er es wütend, und ebenso wütend stampfte er in seinen Unterschlupf zurück ...
Auf dem Heimweg klingelte ich an der rückwärtigen Tür von Fleischermeister Gurgel, der mir noch ein Päckchen Kalbsknorpel und fünf Paar Wiener verkaufte.
Als ich in dieser Nacht einschlief, galt mein letzter Gedanke den beiden Männern draußen bei Hackel & Bims. Ob sie jetzt wieder das Lied vom treuen Husar sangen?

Beim Barthaar des Schwulstigen, nichts kann meinen Humor mehr schrumpfen lassen als nächtliches Telefongeklingel zu einem Augenblick, wo ich gerade von einem seltenen Rezept träume.

Ich war gerade dabei, die saure Sahne auf die Schnecken zu gießen, als es zu rasseln begann.

Ein Blick auf den Wecker sagte mir, daß es 4 Uhr und eine Minute war.

„Herr Pfiff, tut mit leid, wenn ich Sie störe . . ."

Ich hatte Singers Stimme trotz Schlafzorns sofort erkannt.

„Was ist passiert?" fragte ich und tat, als sei ich munter wie eine beschwipste Bachforelle.

„Bitte kommen Sie zum Kaufhaus, man hat eingebrochen. Die ganze Schmuckabteilung wurde leergeräumt."

Seine Stimme klang heiser vor Aufregung.

„Von wo rufen Sie an?" fragte ich und war mit den Beinen schon aus dem Bett.

„Aus meiner Wohnung. Ich fahre jetzt zum Kaufhaus. Der Nachtwächter hat mich verständigt. Die Polizei ist auch schon unterwegs. Vielleicht erwischen sie die Diebe noch. Kommen Sie?"

„Ich bin schon unterwegs!" sagte ich und legte auf.

Ich hatte Glück mit dem Taxi. Just als ich aus dem Haus trat, kam eines auf mich zu. Ich winkte, und drei Minuten später wärmte ich bereits kaltes Leder mit meinem noch bettwarmen Hintern.

4 Uhr 25 trafen wir vor dem Kaufhaus ein.

Es herrschte reger Betrieb. Sogar ein paar Neugierige (4 Uhr 25!!!) standen herum.

„Wo ist Herr Singer, der Kaufhausdetektiv?" fragte ich einen der Polizisten.

„Irgendwo im Haus!"

„Wer leitet die Untersuchung?"

„Inspektor Schulz!"

Sieh mal einer an. Meinen Freund, den miesepetrigen Inspektor Schulz, hatte es wieder mal erwischt.
Ich traf Schulz in der Loge des blassen, noch immer zitternden Nachtwächters, und ich hörte, wie dieser sagte: „Ich gebe zu, daß ich ein bißchen Angst hatte, als ich dieses komische Geräusch über mir hörte, und ich habe nicht gewagt, nachzusehen ... Aber dann war ja wieder Ruhe."
„Ruhe?"
„Ja, ganz still ... wie vorher."
„Trotzdem sind Ihnen später Bedenken gekommen?" Wie höhnisch der Schulz das sagte. Der Nachtwächter nickte unglücklich. Und Schulz: „Eine Stunde nach dem Geräusch rufen Sie Ihren Hausdetektiv an und erzählen dem, ohne vorher nachzusehen, was von Poltern und fragen ihn, ob Sie die Polizei benachrichtigen sollen. Inzwischen sind die Diebe mit dem Schmuck über alle Berge. Finden Sie das nicht komisch, Herr Strich?"
„Stich ist mein Name, Herr Inspektor!"
Schulz warf seine Hand durch die Luft, was soviel heißen sollte wie: „Ich glaube Ihnen kein Wort."
Der Nachtwächter schwieg. Er schien in dieser Minute der unglücklichste Mensch auf Gottes Erdboden zu sein. Wurde höchste Zeit, daß ein Meisterdetektiv auftauchte.
In diesem Augenblick entdeckte mich mein Freund, der Inspektor. Er musterte mich wie eine Erscheinung.
„Entweder habe ich einen Alptraum, oder ich sehe wirklich Balduin Pfiff vor mir."
Ich grinste ihn an: „Sie sollten dankbar für den Alptraum sein!"
„Und warum, Pfiffi?"
„Weil ich nur vorbeigekommen bin, um schnell und unbürokratisch den Fall zu klären und Ihnen zu sagen, wo

Sie das Diebesgut mit größter Wahrscheinlichkeit finden können."
„Ach nee, und wo?" Schulz glaubte mir natürlich kein Wort.
„Bei dem Mann, der sich alle Mühe gegeben hat, diesen ängstlichen Nachtwächter in Verdacht zu bringen. Sicher hat er gewußt, daß unser Held hier kein Held ist."
„Von wem sprechen Sie eigentlich, verflixt und zugenäht?" giftete Schulz.
„Von dem Kaufhausdetektiv Singer ..."

Woher ich das wußte?
Ich habe ein bißchen von der Dummheit des Herrn Singer profitiert, der Rest war Kombination.
Na ja, was den Schniffi anbetraf, der hatte den Nachtwächter mit allem Nachdruck vor mir gewarnt, ohne dabei bei Arthur Stich auf besonderes Verständnis zu stoßen. Und was „Atze" dem Schniffi im Lokal in die Hand gedrückt hatte, war kein Schlüssel, sondern Bargeld.
Der Nachtwächter war nämlich wirklich ein Menschenfreund und wollte den Wandersmann Schniffi, mit dem er vor Urzeiten gemeinsam die Schulbank gedrückt hatte, unbedingt dazu bringen, auf das Wandern zu verzichten ...

Und wer diese Geschichte genau gelesen hat, der sollte jetzt eigentlich, ei der Daus und heiliges Kanonenröhrchen, ebenfalls wissen, wie ich auf Singer als Täter gekommen bin.
Na???

nr. 8 Treffpunkt Wendeboje

Dialoge zum Thema Schmuggel

Personen:
Chronist
Gabi
Erwin Glosteck
Horst Hengl
Christian Brugger
Urs Blätterli
Wachtmeister Höfler
Oberinspektor Weingarten
Frau

Chronist: Um den nachfolgenden Kriminalfall niederschreiben zu können, bedurfte es monatewährender Recherchen. Für den szenischen Ablauf mußte ich zahllose Interviews und Gespräche führen, wobei sich nicht alle Beteiligten durch besondere Redseligkeit auszeichneten.

Dazu kam in der ersten Zeit noch der sich ständig wiederholende Begriff vom schwebenden Verfahren, in das man nicht eingreifen dürfe, der es mit sich brachte, daß manche Leute gar nichts sagten, oder wenn doch, nur unter der Begleitmusik knisternder Geldscheine.

Aus vielerlei Gründen habe ich Namen und Schauplätze geändert.

Wenn zu Beginn der Geschichte trotzdem ein echter weiblicher Name auftaucht, dann geschieht es unabsichtlich, sozusagen im Eifer des Erzählens.

Ich beginne meine Geschichte mit einem Interview. Es fand am 4. Juni statt.

Bevor ich das Tonbandgerät anstellte, teilte ich meiner Gesprächspartnerin mit, daß ich sie mit einem Decknamen anreden würde.

Folgen Sie mir in eine kleine Dachwohnung in B.

Chronist: So, das Tonband läuft jetzt, Fräulein Gabi.

Gabi: (zögernd/unbehaglich) Ich weiß nicht ...

Chronist: Nun machen Sie doch nicht so ein Gesicht ...

Gabi: Ich habe richtig ein bißchen Angst. Sein Anwalt hat mir immer wieder gesagt, ich dürfe nichts verraten, da ich sonst in ein schwebendes Verfahren eingriffe.

Chronist: Aber ich habe Ihnen doch versichert, daß es mir in unserem Gespräch in erster Linie um Sie geht. Mich interessieren die zwischenmenschlichen Aspekte. Wie zum Beispiel kommt ein so hübsches Mädchen wie Sie dazu, eine Freundschaft mit einem Gauner vom Format des Erwin Glosteck anzufangen?

Gabi: (verdutzt) Glosteck? Ich kenne kei... (stockt) Ach so, das ist ja sein Deckname.

Chronist: Wo haben Sie ihn kennengelernt?

Gabi: Im Kino.

Chronist: Ach ...

Gabi: Ja, er saß neben mir und griff einfach in meine Bonbontüte.

Chronist: Und da waren Sie hingerissen.

Gabi: (empört) Wofür halten Sie mich denn? Ich hab ihm eine runtergehauen.

Chronist: War er damit einverstanden?

Gabi: Er lachte. Draußen hat er dann gesagt, daß das seine erste Kinoohrfeige gewesen sei ...

Chronist: ... und hat Sie zum Kaffee eingeladen.

Gabi: Verabschiedet hat er sich.

Chronist: (ungläubig) Was Sie nicht sagen ...

Gabi: In Wirklichkeit jedoch ist er mir heimlich gefolgt. Vierzehn Tage lang bekam ich dann täglich einen Strauß Rosen.

Chronist: Das machte natürlich mächtigen Eindruck auf Sie ...

Gabi: – – –

Chronist: Und wie ging es weiter?

Gabi: Am 15. Tag stand er dann vor der Tür. Mit einer wunderschönen Orchidee.

Chronist: Wann haben Sie erfahren, daß er ein Krimineller ist?

Gabi: Nachdem man ihn verhaftet hatte ... Ja, wirklich! Ich hatte nicht die leiseste Ahnung.

Chronist: Sie haben immerhin fast ein Jahr mit ihm zusammengelebt. Wie kann man da nicht wissen, was der andere treibt?

Gabi: Er hat mir immer gesagt, daß er als freier Grundstücksbeschaffer tätig sei.

Chronist: Was ist das?

Gabi: Wenn er was von verkäuflichen Grundstücken hört, gibt er das an irgendwelche Firmen weiter und bekommt dafür Geld.

Chronist: Und das haben Sie reinen Herzens geglaubt?

Gabi: (aggressiv) Warum nicht? Er hatte schließlich immer genügend Geld.

Chronist: Fräulein Gabi, als Sie zusammen mit ihm im Wohnwagen an den See reisten, was gab er da als Grund an?

Gabi: Daß wir ein paar Tage Ferien machen wollten.

Chronist: Mehr nicht?

Gabi: Es kam ganz plötzlich ...

Chronist: Wie plötzlich?

Gabi: Rita, sagte er ...

Chronist: (räuspern)

Gabi: (verdutzt) Was ist ...? Warum sehen Sie mich so an? Ach, jetzt weiß ich ... Gott, bin ich ein dummes Huhn ... Also, Gabi, sagte er, nimm dir Urlaub, wir fahren ein paar Tage an den See. Bei der Gelegenheit wollte er auch gleich ein paar Grundstücke besichtigen.

Chronist: Kannten Sie den vierten Mann eigentlich persönlich?

Gabi: Sie meinen den ...

Chronist: Den, der Glosteck verraten und die Polizei informiert hat!

Gabi: Nein. Ich hörte nur, daß er auch Landagent sei und daß ihn Erwin am See treffen wolle. Ich habe ihn nach Erwins Verhaftung zum erstenmal gesehen.

Chronist: Aber die beiden anderen kannten Sie?

Gabi: Ja. Sie waren zwei- oder dreimal zum Skatspielen bei uns.

Chronist: Und nach dem Skatspiel mußte Glosteck sicher immer für ein oder zwei Tage verreisen.

Gabi: (überrascht) Verreisen? Nein ... oder ... Ja, stimmt.

Chronist: Und was taten Sie, während die Männer Skat spielten?

Gabi: Ich ging ins Kino.

Chronist: Eine Leidenschaft von Ihnen, das Kino, was? Oder irre ich da?

Gabi: Ja, ich gehe gern ins Kino ... (besorgt) Sagen Sie, kommt das alles ins Radio, was wir hier reden? Ich meine, höre ich mich selbst?

Chronist: Es bildet sozusagen die Einleitung zur Geschichte, Fräulein Gabi. Aber da niemand die genauen Umstände kennt, die Namen und Örtlichkeiten geändert sind, bleiben Sie ja trotzdem anonym.

Gabi: Und wann wird das gesendet?

Chronist: Irgendwann im Sommer. Das Sendedatum sage ich Ihnen noch!

Und das war der letzte Akt der Geschichte ...

Chronist: Erwin Glosteck öffnete leise die Tür des Wohnwagens und sprang hinaus. Ebenso behutsam klinkte er die Tür wieder zu. Gabi schlief noch tief und fest, und das war gut so.

Er ging einige Meter, streckte sich geräuschvoll und atmete tief den Geruch des Sees ein, auf dessen leichtbewegter Oberfläche sich milliardenfach das Licht der Sonne brach.

Es schien ein schöner Tag werden zu wollen. Noch vermißte man die weißen Tupfen der Segel auf der Weite des Wassers, aber das würde sich wohl bald ändern. In spätestens zwei Stunden würde man sie zu Hunderten sehen können. Schließlich hieß es trainieren, den Kurs abfahren und sich mit den Strömungen vertraut machen.

In zwei Tagen würde der Ernst der Segelei in Form der „Internationalen Regattawoche für Boote und Surfer“ beginnen.

Glosteck sah auf die Uhr: 5 Uhr 45.

Noch eine Menge Zeit bis zehn. Da würde er die anderen treffen. Nur noch fünfzehn Minuten allerdings bis 6 Uhr, dem Zeitpunkt des verabredeten Telefongesprächs.

Langsam schlenderte Glosteck zum Wasser.

Fünf vor sechs erreichte er die Telefonzelle am Ende des Strandwegs.

Er rauchte und wartete, daß die beiden Zeiger der Uhr einen senkrechten Strich bildeten ...

Als es 6 Uhr schlug, betrat Glosteck die Telefonzelle und wählte eine lange Reihe von Zahlen ...

Glosteck: Es ist sechs Uhr! Hier spricht der Kapitän! (Stille/Dahinein spricht der)

Chronist: Knapp fünf Minuten lang hörte Glosteck nur zu, nickte stumm oder zog nachdenklich die Augenbrauen zusammen ...

Glosteck: Ich habe alles verstanden! Wir werden uns genau an die Zeiten halten!

Chronist: Glosteck legte auf, verließ die Zelle und schlug den Weg zu seinem Wohnwagen ein. Auch diesmal nahm er sich viel Zeit. Ab und zu blieb er stehen und sah über den See, dorthin, wo man das andere Ufer vermuten, aber nicht erkennen konnte.

6 Uhr 18 zog er die Wohnwagentür wieder hinter sich zu.

Gabi: (gähnt) Wo warst du?

Glosteck: Habe einen kleinen Morgenspaziergang gemacht. Erst wollte ich dich wecken, aber weil du so wunderschön geschnarcht hast, bin ich allein losgezogen. Ist doch nicht schlimm, oder?

Gabi: Wie ist das Wetter?

Glosteck: Kaiserwetter, Liebste!

Gabi: Was bedeutet das?

Glosteck: Die Sonne scheint, die Möwen lachen, und auch die Menschen sind gut gelaunt. Im Augenblick ist kein Wölkchen am Himmel. Ich habe Hunger wie ein Wolf.

Gabi: (seufzt) Ich habe auch Hunger, also mache ich Frühstück. Hast du geguckt, ob es einen Bootsverleih in der Nähe gibt?

Glosteck: Nein, Gabi, aber das können wir dann ja nachholen. Allerdings wird es Nachmittag, bevor wir aufs Wasser können.

Gabi: (mault) Warum erst nachmittags?

Glosteck: Hast du vergessen, daß ich hier noch ein paar Geschäfte unter Dach und Fach bringen will? Um zehn treffe ich mich mit einem Bauern, der eventuell ein paar Parzellen verkauft. Du kannst dich inzwischen in die Sonne setzen. Es gibt eine Menge Bänke unten am Wasser.

Gabi: Und wie lange dauert das bei deinem Bauern?

Glosteck: Bestimmt nicht länger als zwei Stunden. Ich will sehen, daß ich bis zwölf zurück bin. Wir fahren dann gleich zum Essen. Ich kenne da im Nachbarort ein ausgezeichnetes Restaurant.

Knappe dreieinhalb Stunden später

Brugger: (entfernt) Das muß man dir lassen, Erwin: Wenn du zehn sagst, dann ist es auch zehn.

Glosteck: In unserem Gewerbe kommt zuerst die Pünktlichkeit und anschließend das Glück. Wie gefällt euch das Plätzchen, das ich ausgesucht habe?

Hengl: Man könnte fast meinen, du hättest ein Abkommen mit der Polizei. Es ist so still hier, als wären alle Zufahrtswege zu dieser Kneipe abgesperrt.

Glosteck: Hier war schon nicht viel los, als der Gasthof noch in Betrieb war. Setzen wir uns dort drüben hin.

Chronist: Bei dieser Zusammenkunft, bei der sich Erwin Glosteck mit seinen drei Partnern traf, wurden alle Einzelheiten für den nächsten Coup besprochen. Und die drei anderen, Christian Brugger, Horst Hengl und Urs Blätterli, waren einmal mehr beeindruckt von der Präzision, mit der alles vorbereitet zu sein schien ...
In diesem Augenblick kam Glosteck zum wichtigsten Detail ...

Glosteck: Ich habe für jeden von uns fünfzehntausend herausgeholt.

Brugger: Hoffentlich nicht Schilling ...
(Heiterkeit)

Glosteck: Nein, Christian. Da ich deine chronische Not kenne, habe ich auf Schweizer Franken bestanden.

Hengl: Und wann gibt's das Geld?

Glosteck: Diesmal in der gleichen Nacht. Und noch etwas: Sollte alles so laufen, wie es sich unser Arbeitgeber vorgestellt hat, werden wir die Aktion in etwa sechs Wochen wiederholen.
(Begeisterung)

Hengl: Also ich habe ja schon so manches Ding gedreht, aber goldene Uhren habe ich noch nie geschmuggelt.

Blätterli: Schade, daß keine für uns abfällt.

Glosteck: Sie sind versiegelt. Und es wäre eine Riesendummheit, daran herumzumanipulieren. Wo bist du abgestiegen, Christian?

Brugger: Ich habe ein Zimmer im Seehof.

Glosteck: Und du, Horst?

Hengl: Pension Alpenblick. Wenn ich meinen Hals lang mache, kann ich Urs ins Zimmer gucken. Er wohnt mir gegenüber.

Blätterli: Hotel Stern, falls du mir einen Besuch abstatten willst.

Hengl: Wie geht es Gabi?

Glosteck: Danke, gut. Wenn sie meinen Rat befolgt hat, dann sonnt sie sich jetzt.

Blätterli: Hat sie Fragen gestellt?

Glosteck: Das ist das Schöne an ihr, sie ist fast nicht neugierig. Ich hoffe, daß sie diese Tugend beibehält.

Chronist: 11 Uhr 30 trennte sich die Gruppe wieder. Während Erwin Glosteck zu seinem Wohnwagen zurückfuhr, Urs Blätterli sein Motorrad bestieg, schlugen Christian Brugger und Horst Hengl zu Fuß den Weg zur Hauptstraße ein, wo es eine Bedarfshaltestelle der Omnibuslinie gab.

12 Uhr 25 erreichte die Landespolizei in K. ein Telefonanruf. Polizeiwachtmeister Höfler nahm das Gespräch entgegen. Eine halbe Stunde später stand Höfler vor Kriminaloberinspektor Weingarten.

Höfler: Es ist soweit, Herr Oberinspektor. Er hat angerufen.

Weingarten: Oh, schon. Bitte, berichten Sie!

Höfler: Sie werden Donnerstag nacht an Wendeboje A in zwei Lieferungen insgesamt zehntausend goldene Uhren übernehmen. Brugger und Glosteck fahren um 23 Uhr mit einem kleinen Motorboot hinaus und holen die erste Hälfte der Ladung. Die Rückfahrt wird länger dauern, da sie aus Sicherheitsgründen beabsichtigen, die letzten fünfhundert Meter zu rudern. Hengl und Blätterli warten mit einem Wagen am alten Bootssteg bei Kilometerstein 38. Dort kann man fast bis ans Wasser fahren.

Während Brugger und Glosteck den zweiten Teil holen, fahren Hengl und Blätterli nach Lindau. Dort wartet ein weißer „Diplomat“ mit Düsseldorfer Kennzeichen, der die Ladung übernimmt. Anschließend fahren sie zum Bootssteg zurück und warten auf Lieferung Numero zwei, die sie dann ebenfalls nach Lindau schaffen.

Weingarten: Auf welchem Hoheitsgebiet befindet sich diese Boje A?

Höfler: Das kann uns sicher die Seepolizei sagen ...

Weingarten: ... oder die Regattaleitung. Auf alle Fälle müssen wir noch heute einen Besprechungstermin mit den Kollegen von drüben vereinbaren. Eine schwergewichtige Frage: Was geschieht, wenn Sturm kommt?

Höfler: In diesem Fall verschiebt sich der Transfer um genau vierundzwanzig Stunden.

Weingarten: (nachdenklich) Ich kann es noch gar nicht glauben, daß es uns endlich gelingen soll, diesen Glosteck auf frischer Tat zu ertappen.

Höfler: Sie halten es für unmöglich, daß er uns absichtlich auf eine falsche Spur setzt?

Weingarten: (lächelnd) Wissen Sie, in der Regel gehe ich mit dem Wort unmöglich sehr sparsam um. Aber in diesem Fall wäre ich bereit, ein paar Jahresgehälter zu verwetten, daß mein Vertrauen gerechtfertigt ist. Unser Mann hat einen entzückenden, bildhübschen und äußerst energischen Grund, sich uns als Kronzeuge zur Verfügung zu stellen.

Höfler: Eine Braut also ...

Weingarten: Ja. Er verriet ihr wohl seine zweifelhaften Einkommensquellen, und nun hat sie es sich in den Kopf gesetzt, ihn zu heiraten und auf den Pfad der Tugend zurückzuführen. Sie saßen beide vor mir, und es war ihnen zweifellos ernst.

Höfler: Auf Kosten anderer, wenn ich mir diese Bemerkung erlauben darf. Ob das gutgeht?

Weingarten: Wir sind nicht für die Moral zuständig, Höfler, sondern ausschließlich für den kriminellen Tatbestand. Heute schmuggeln sie Uhren, morgen Rauschgift und übermorgen erschießen sie jemand, der ihnen im Wege steht. Also habe ich keine Skrupel, diese Entwicklung aufzuhalten, selbst auf die Gefahr hin, daß es schiefgeht. So, und jetzt machen Sie mir bitte eine Verbindung mit drüben!

Höfler: Sofort, Herr Oberinspektor!

Chronist: Donnerstag, 18. Mai.

Eine wahrhaft maßgeschneiderte Nacht für Glostecks Vorhaben. Fast windstill war es. Dazu ein klarer, funkelnder Sternenhimmel und ein helleuchtender Halbmond. Punkt 23 Uhr tauchten Erwin Glosteck und Urs Blätterli die Paddel ein. Ja, es hatte in letzter Minute eine personelle Umbesetzung gegeben. Blätterli, der eigentlich den Wagen nach Lindau kutschieren sollte, war auf der Uferböschung ausgeglitten und hatte sich den rechten Knöchel so stark verstaucht, daß er inzwischen zur Größe eines Kinderkopfs angeschwollen war. Unmöglich, damit Auto zu fahren. Da Horst Hengl im Augenblick ohne Führerschein war, mußte nun Christian Brugger die Rolle des Chauffeurs übernehmen ...

Hengl: (leise) Hoffentlich erleben die beiden keine böse Überraschung ...

Brugger: (irritiert) Wieso böse Überraschung? Was meinst du damit?

Hengl: Daß sie an der Boje vergeblich auf das Boot aus der Schweiz warten.

Brugger: Quatsch ...

Hengl: Weißt du, was mir nicht in den Kopf will, Christian, warum bringen die Schweizer das Zeug nicht selbst bis hierher ans Ufer?

Brugger: Weil sie vorsichtige Leute sind. Solange sie mit ihren Uhren innerhalb ihres eigenen Hoheitsgebietes herumschippern, kann ihnen niemand was wollen. Kritisch wird es erst, wenn sie die Grenze überschreiten.

Hengl: Hm. Gesetzt den Fall, daß Erwin und Urs nun wirklich umsonst warten, was dann?

Brugger: Keine Ahnung, was dann ist.

Hengl: (lächelnd) Vor etwa drei Jahren habe ich zusammen mit Glosteck über drei Stunden lang auf einen Türken gewartet. Das war in München. Er wollte uns einen Koffer voll türkischer Blüten abkaufen. Als zum zweitenmal ein Streifenwagen ganz langsam an uns vorbeigefahren war, glaubte Erwin, daß wir in einer Falle säßen. Also haben wir den Koffer mit den Blüten ganz einfach in eine Hausnische gestellt und sind verduftet. Erst Wochen später erfuhren wir, daß unser Türke in ein Taxi gelaufen war und im Krankenhaus lag.

Brugger: Und der Koffer war futsch.

Hengl: Und falsches Türkengeld im Wert von einer halben Million.

Brugger: Und wo hattet ihr das her?

Hengl: Aus Italien geholt.

Brugger: (lacht) Wie ich ... Nur bei mir waren es holländische Gulden. Sie waren so schlecht gemacht, daß sogar ich den Unterschied gemerkt habe ... Sag mal, Horst, was ich dich fragen wollte. Ist Glostecks Mädchen wirklich so ein Supergirl, wie der Urs schwärmt?

Hengl: (lacht) Der Urs hat vom ersten Tag an für Gabi geschwärmt. Er hat sie mit den Augen förmlich aufgefressen. Sie ist ein feiner Kerl. Versteht Spaß und kann außerdem toll kochen.

Chronist: 23 Uhr 38 erreichten Erwin Glosteck und Urs Blätterli die Wendeboje, wo das schweizerische Boot bereits auf sie wartete.
Sie übernahmen sechs Kisten und gingen wieder auf Gegenkurs. Blätterli ließ dabei seinen Fuß außenbords. Der lädierte Knöchel piesackte ihn über alle Maßen.
0 Uhr 20 waren die Kisten im Wagen verstaut. Zwei Minuten später bogen Christian Brugger und Horst Hengl auf die Straße nach Lindau ein, während Glosteck und Blätterli die Bugspitze ihres Bootes wieder in Richtung Wendeboje brachten. 0 Uhr 58 näherten sich Brugger und Hengl dem verabredeten Treffpunkt in Lindau.

Hengl: Fahr langsamer, hier sind nur fünfzig erlaubt!

Brugger: Also ehrlich gesagt, Autofahren könnt' ich sogar mit einem Gipsbein.

Hengl: Vielleicht ist es mit einem Gipsbein auch leichter als mit einem verknaxten Knöchel. Das kann schon narrisch weh tun.

Brugger: Ich kenne das ...

Hengl: Auf alle Fälle ist es so sicherer. Achtung, hinter dem nächsten Abzweig muß der Kiosk sein ...

Brugger: Hoffentlich treibt sich kein Liebespärchen in der Gegend herum. So was hat mir schon einmal eine Tour vermasselt.

Hengl: (zischt) Dort ... Der weiße „Diplomat"!

Brugger: Platz genug, ich setz mich dahinter ...

Hengl: Mensch, da sitzt ja nur eine Frau drin!

Brugger: Aber das Kennzeichen stimmt.

Hengl: Also dann, gehen wir zu ihr ...

Chronist: Brugger und Hengl fühlten sich so sicher, daß sie es für überflüssig hielten, nach eventuellen Gefahren Ausschau zu halten.

Das Fenster neben dem Beifahrersitz war heruntergekurbelt. Hengl beugte sich herab ...

Hengl: Ist alles okay?

Frau: (leise) Der Kofferraum ist offen, ihr könnt umladen!

Hengl: Wird gemacht!

Weingarten: (sehr laut) Polizei!!! Der Parkplatz ist umstellt. Bitte, heben Sie die Hände und bleiben Sie stehen, wo Sie gerade sind!

Chronist: Zur gleichen Zeit lagen Glosteck und Blätterli mit ihrem Motorboot Bord an Bord mit dem Kabinenkreuzer „Joschah". Die Arbeit der Übernahme war getan.

Blätterli: (stöhnt) Das ist die letzte ... Ich möchte wissen, was an Uhren so schwer ist ...

Glosteck: Die Menge macht's, Urs. Und die Verpackung. (ruft) Macht's gut, und bis zum nächstenmal ...

Blätterli: (wundert sich) Haben die es aber eilig. Man könnte direkt ... (schreit entsetzt) Erwin ... sieh nur da vorn ...

Glosteck: Verdammt, von unserer Seite auch ... Da muß uns einer verpfiffen haben ... (heftig) Los, runter vom Boot, jetzt hilft nur noch schwimmen.

Chronist: (sehr sachlich) Glosteck und Blätterli fischte man aus dem Wasser. Das Boot wurde sichergestellt und in Schlepp genommen.
Auch die Sache in Lindau war erfolgreich über die Bühne gegangen. Die Polizei, die den Platz an dem Kiosk bereits seit Stunden observierte, wußte, daß auch der Mercedesfahrer, der fünfzig Meter entfernt in einer Garagenauffahrt parkte, zum Coup gehörte. Seine

Flucht vereitelte ein Streifenwagen, der im richtigen Augenblick vor den teuren Kühlergrill rollte.

Punkt 2 Uhr war die gesamte Aktion beendet. Zehn Stunden später gelang es auch, die in einer mondänen Hochhausetage in Düsseldorf residierenden Auftraggeber zu verhaften.

Welcher von Glostecks Komplizen machte gemeinsame Sache mit der Polizei?

nr. 9 Wer hat Beverly Attley gesehen?

Nur Elton Whylers hatte bei der Einstellung von Beverly Attley Bedenken geäußert. Aber nach Meinung der lächelnden Mehrheit war er dazu verpflichtet, schließlich gehört das Mißtrauen zum Hausdetektiv wie der Kern zur Kirsche.
Der Direktor, der Empfangschef, die beiden Abteilungsleiter und der Geschäftsführer, sie alle waren einhellig der Ansicht, daß eine Direktrice vom Format der Beverly Attley für das „Commonwealth-House“ in Edinburgh einen Gewinn darstellte.
Nicht nur, daß sie jung und von umwerfendem Äußeren war, sie beherrschte auch drei Fremdsprachen perfekt in Wort und Schrift. Und – sie brachte ausgezeichnete Referenzen mit.
Auf die Frage, was Elton denn gegen die schöne Beverly einzuwenden habe, tippte sich der Hausdetektiv mit stoischer Ruhe auf die Nasenspitze und behauptete, daß er kriminelle Ambitionen selbst durch den dichtesten Parfümschleier riechen könne.

Und nun herrschte Betroffenheit und Ratlosigkeit. Seit der vergangenen Nacht war Beverly Attley spurlos verschwunden.
Leider nicht allein. Begleitet wurde sie vom gesamten Inhalt des Hoteltresors. In Zahlen ausgedrückt: Es fehlten rund 20000 Pfund in bar sowie hinterlegter Schmuck der

Gäste im Wert von einer Viertelmillion. (Soweit man den Angaben der Gäste Glauben schenken durfte!)
Die Untersuchung durch die Polizei dauerte bereits Stunden. Was die Beamten am meisten störte, war der Zustand von Beverlys Zimmer. Alles stand so da, als sei sie nur mal eben kurz um die Ecke in die Chemische Reinigung oder zum Friseur gegangen.
Nichts deutete auf überstürzte Flucht hin, nichts auf einen geplanten Aufbruch.
Und da die Beamten Whylers für schrullig hielten und von seinen Fähigkeiten nicht die allerbeste Meinung besaßen, revanchierte sich Elton auf seine Weise: Er half ihnen nicht, sondern beschloß, Nachforschungen auf eigene Faust anzustellen. Und er wußte etwas, wovon die Polizei keine Ahnung hatte:
Sechs Wochen etwa war es her, daß er in einer Familienangelegenheit nach Dunham fahren mußte.
Und wen entdeckte er dort durch Zufall? Die schöne Beverly Attley. In Begleitung eines jungen Mannes verließ sie gerade einen Wagen.
Beide verschwanden dann in einer Modeboutique; Arm in Arm!
Whylers wäre kein Detektiv gewesen, hätte er sich Beverly Attley (die angeblich nach Glasgow gefahren war!) nicht an die Fersen geheftet.
Er blieb auch hinter den beiden, als diese eine halbe Stunde später Dunham verließen.
Ihr Ziel war ein einsam und leer dastehendes Bauernhaus in der Nähe von Blackidge. Auch dort blieben sie nur wenige Minuten.
Während Beverly und ihr Begleiter dann wieder nach Dunham zurückfuhren, trat Whylers die Heimfahrt nach Edinburgh an.

Viele Wochen waren seit jener Beobachtung vergangen. Der Hoteldetektiv hatte mit niemand über sie gesprochen und dachte längst nicht mehr daran. Allerdings, das sei noch bemerkt, hatte er durch geschicktes Fragen herausbekommen, daß die schöne Beverly Dunham angeblich nur vom „Sehen und Hören" kannte. Schließlich glaubte er, daß diese Lüge mit dem jungen Mann zusammenhing. Nun wollte Whylers herausfinden, was wirklich dahintersteckte.
Wenn er seiner Nase trauen konnte, dann lag der Schlüssel zu Beverly Attleys Verschwinden in Dunham.
24 Stunden nach ihrem Untertauchen und der Entdeckung des Diebstahls machte sich Elton Whylers auf den Weg in das schottische Hafenstädtchen.
Er konnte nicht ahnen, daß sich während seiner Abwesenheit etwas sehr Ungewöhnliches ereignen sollte ...

Niemand wußte genau, wohin Elton Whylers gefahren war. Nicht einmal Tom Farreday, dem Direktor des „Commonwealth-House", hatte er reinen Wein eingeschenkt, als er sich von diesem Beverlys Bild aus der Personalakte erbat.
Als Whylers die bewußte Modeboutique in Dunham betrat, schlug es vom Turm der nahen Kirche 10 Uhr.
Eine ältere, elegant gekleidete Lady kam auf ihn zu, und folgender Dialog rollte ab:
„Verzeihung, Mylady, Sie wären in der Lage, mir einen unschätzbaren Dienst zu erweisen."
„Ach, da bin ich aber gespannt!" lächelte die Inhaberin.
„Ich gebe zu, daß ich es nicht auf eine Ihrer himmlischen Kreationen abgesehen habe, sondern auf Ihr Gedächtnis."

„Hoffentlich erwarten Sie nicht zuviel von meinem Gedächtnis. Ich habe in letzter Zeit öfter Ärger mit ihm."
„Ich bin in der Lage, eine kleine optische Hilfestellung zu leisten."
Whylers zog Beverlys Foto aus der Tasche.
„Kennen Sie diese junge Dame?"
Die Boutiquebesitzerin nahm ihm das Bild aus der Hand und musterte es eine Zeitlang mit zusammengezogenen Augenbrauen. Schließlich nickte sie nachdrücklich und sagte: „Stimmt, sie war zwei- oder dreimal hier. Und zwar mit einem jungen Mann aus Blackidge."
„Blackidge?"
„Ja, das ist ein Ort drei Meilen von hier. Die Eltern des jungen Mannes besitzen dort einen Steinbruchbetrieb. Der Name ist Lawson." Sie reichte ihm das Foto zurück. „Eine sehr angesehene Familie."
„Und über die junge Dame wissen Sie nichts?"
„Tut mir leid ..."
„Kann es sein, daß sie eventuell mit diesem Lawson verlobt ist?"
Sie wiegte nachdenklich den Kopf. „Ich glaube es nicht. Vom alten Lawson weiß man, daß er sehr streng ist und seine beiden Söhne unglaublich kurz hält. Und Peter Lawson ist ja noch nicht einmal zwanzig ..."
„Das ist der junge Mann, der mit dem Mädchen hier bei Ihnen war."
„Ja. Und besagtes Mädchen hat auch selbst bezahlt ... Ich meine, sie bezahlte mit einem Scheck aus ihrer eigenen Tasche."
Whylers verbeugte sich. „Sie haben mir sehr geholfen. Und lästern Sie nicht mehr über Ihr Gedächtnis, es funktioniert ausgezeichnet!"

15 Uhr ...
An der Rezeption des „Commonwealth-House“ unterhielt sich Direktor Farreday gerade mit dem Portier, als dieser, Joe Moffit, plötzlich fassungslos zur Tür starrte. Farreday folgte den Blicken.
Beverly Attley ...
Verschmutzt und ungepflegt aussehend taumelte sie ihnen entgegen.
„Miß Be... Be... Beverly?“ stammelten Farreday und Moffit im Duett, und dem Direktor blieb es vorbehalten, die Vermißte in seinen Armen aufzufangen.
„Verständigen Sie die Polizei!“ flüsterte er dem Portier heiser zu.
Zwei Stunden später wußten alle, was geschehen war: Beverly hatte gerade Monman, den Nachtportier, abgelöst, sie tat das des öfteren, als plötzlich zwei Männer auftauchten und sie mit Waffengewalt zwangen, den Tresor zu öffnen.
Beide seien um die vierzig gewesen.
Zuerst wollten sie Beverly betäuben und zurücklassen, dann jedoch entschlossen sie sich, sie mitzunehmen. Sie verbanden ihr die Augen und schleppten sie in ein Auto, das im Hof des Hotels parkte. Niemand begegnete ihnen dabei.
Man sperrte sie in ein schmutzstarrendes, stockfinsteres Kellerverlies, in dem sie zwei Stunden lang um Hilfe geschrien hatte. Vor einer halben Stunde erst war es ihr möglich gewesen, sich aus ihrem Gefängnis zu befreien. Das Loch gehörte zum Gewölbe der ehemaligen Robinson-Brauerei.
Das alles gab Beverly Attley leise und erschöpft im Direktionsbüro des Hotels zu Protokoll.
Sie war gerade dabei, eine genaue Personenbeschreibung

der Täter zu geben, als sich die Tür öffnete und Elton Whylers eintrat.
Begleitet von den verständnislosen Blicken der Kriminalisten und Farredays schüttete er den Inhalt eines Schuhkartons auf den Tisch. Es war die gesamte Beute aus dem Hoteltresor.
„Sie ... Sie ... Sie haben die Täter erwischt?" stotterte Beverly.
Whylers lächelte ihr zu.
„Ihr Plan war gut, Miß Beverly. Sie haben lediglich vergessen, den Zufall mit einzukalkulieren."
Vier Augenpaare wandten sich der schmutzstarrenden jungen Dame zu.
„Was wollen Sie damit sagen?" funkelte die Frau mit sich überschlagender Stimme Whylers an, der nun seinen Superbluff startete:
„Dem Zufall blieb es vorbehalten, mich hinter Ihnen sein zu lassen, als Sie die Beute in dem alten Haus versteckten. Sie und Ihr Partner Peter."
„Sie sind ein mieser Geschichtenerfinder, Mister Whylers. Sie haben mich von Anfang an nicht ausstehen können. Aber was Sie jetzt tun, ist zuviel. Sie gehen zu weit, Mister Whylers. Ich werde Anzeige gegen Sie erstatten."
Elton Whylers lächelte. Mild und verzeihend. „Es ist Ihr gutes Recht, sich zur Wehr zu setzen. Man wird herausfinden, wer die besseren Trümpfe in der Hand hält."
„Ja, das wird man."
„Sie wollen also bestreiten, daß Sie dort waren?"
„Ich war in meinem Leben noch nie in Blackidge ..."
„Und was ist mit Peter Lawson?"
„Ein flüchtiger Bekannter ..."
„Und wie, glauben Sie, kommt die Beute dorthin?"
„Ich habe keine Ahnung!"

„Einem Schuhkarton wachsen schließlich nicht plötzlich Flügel, mit denen er nach Blackidge fliegen kann, um sich dort in einem alten Haus zu verstecken!"
„Miß Beverly", mischte sich jetzt Detektivinspektor Sam McQuire in sehr unpersönlichem Tonfall ein, „Sie sollten sich gut überlegen, was Sie sagen. Noch gibt es keine Anzeige gegen Sie. Auf der anderen Seite sprechen diese Dinge hier", er zeigte auf die Schuhschachtel, „eine deutliche Sprache!"
Beverly Attley schüttelte wild den Kopf.
„Ich habe damit genausowenig zu tun wie Sie oder Mister Farreday. Ich kenne weder Blackidge noch sein verdammtes Bauernhaus." Ein wildes Schluchzen schüttelte sie.
Während Farreday verlegen und ratlos dreinschaute, der Inspektor noch unschlüssig schien, musterte Elton Whylers die Beschuldigte mit dem Interesse eines Verhaltensforschers, der darauf gespannt war, wofür sich die Maus entscheiden würde: für den Speck roh, für den Speck geräuchert oder aber für den Speck gebraten.
Schließlich nickte er McQuire zu. „Ja, Inspektor, das wär's wohl. Nach ihrem unfreiwilligen Geständnis sind ja nun Sie an der Reihe. Wenn Sie mich noch brauchen, ich bin in meinem Zimmer und spüle mir den Reisestaub vom klugen Gesicht."
Mit einem zufriedenen Grinsen verließ Elton Whylers das Zimmer.

Dieses ist sozusagen ein leichter Fall für Fortgeschrittene. Was meinte Whylers mit dem unfreiwilligen Geständnis?

nr. 10 Perry Clifton und der Zwischenfall in der Tiefgarage

Statistisch gesehen war dieser Dienstag vormittag für die zwölf Personen umfassende Detektivabteilung einer jener seltenen Zeitabschnitte, von denen es heißt: Keine besonderen Vorkommnisse.
Und wirklich: Nicht ein einziger Langfinger, kein Trick- und ebenso kein Taschendieb rief an diesem Vormittag Perry Clifton und seine Mitarbeiter auf den Plan. Das einzige, was in der vierten Etage verschwand und nach einer Stunde Suchen wiedergefunden wurde, war ein vierjähriger Junge namens Jeremy.
Man entdeckte ihn in einem Zelt in der Spielzeugabteilung, wo er dabei war, ein Feuerwehrauto auseinanderzunehmen.
Es war, als hätten sich die Warenhausdiebe vorgenommen, Johnson & Johnson bis auf weiteres zu verschonen.

Kurz nach 12 Uhr 30 verschwand Hank Murphy, Cliftons Vertreter, zum Mittagessen.
Als er um 14 Uhr gesättigt und bester Laune zurückkehrte, brach Perry Clifton auf.
„Es kann ein paar Minuten später werden, Hank. Ich muß einige Sachen aus meiner Wohnung holen."
Hank Murphy nickte. „Nimm dir nur Zeit, Perry. Ist ja ohnehin nichts los." Und lachend meinte er: „Soll ich dir

was verraten? Ich habe die Entdeckung gemacht, daß ich mich an das süße Nichtstun gewöhnen könnte."
„Du bist ein Optimist, Hank. Und dein Fehler ist es, den Tag vor dem Abend zu loben."
Hank schüttelte den Kopf. „Ich hab's deutlich im Gefühl: Heute passiert gar nichts mehr!"
Er zog eine Lade aus dem Schreibtisch, legte seine Füße darauf und begann, sich genüßlich zu räkeln . . .

14 Uhr 09 hielt der Fahrstuhl in der 2. unteren Etage der Tiefgarage.
Perry Clifton trat heraus und wurde im gleichen Moment Augenzeuge eines äußerst merkwürdigen Zwischenfalls: Ein dunkler Rover, genauer, ein dunkelblauer Rover schoß rückwärts aus einer Parkbox, stoppte und verschwand mit quietschenden Reifen Richtung Ausfahrt. Während Clifton unbewußt den Geruch verbrannten Gummis wahrnahm, prägte er sich das Kennzeichen des Rovers mit solcher Intensität ein, als seien Buchstaben und Zahlen in seinem Gedächtnis fotografiert.
Obwohl seine Gedanken andere Wege gingen, schlugen seine Beine den Weg zum eigenen Wagen ein. Dabei entdeckte er die offenstehende Tür eines roten Triumph Cabriolets.
Schlagartig fielen alle Zweifel von ihm ab und ließen ihn dem ersten Impuls folgen: Er machte kehrt und fuhr nach oben zurück.
Vor der Tür der Telefonzentrale machte er halt und trat ein. Missis Carper, Chefin der Telefonistinnen, winkte ihm zu, führte ihr eigenes Gespräch zu Ende und fragte dann: „Hallo, Mister Clifton, auf heißen Spuren?"
„Es könnte sein. Bitte, machen Sie mir eine Verbindung zur 24. Polizeistation!"

„Okay! Ich gebe Ihnen das Gespräch auf den Apparat dort." Sie zeigte auf den Tisch neben dem Fenster.
Perry Clifton setzte sich auf die Kante und wartete auf das Klingelzeichen. Da war es auch schon . . .
„Bitte, verbinden Sie mich mit Inspektor O'Lears, hier spricht Perry Clifton von Johnson & Johnson."
„Einen Augenblick, Sir!"
Es dauerte in der Tat nur Augenblicke, dann war Detektivinspektor O'Lears in der Leitung. Ein wenig atemlos begrüßte er Perry Clifton und erkundigte sich nach dem Anlaß des Anrufs.
„Es muß keine, aber es könnte eine Teufelei dahinterstekken, Inspektor", informierte Perry den Beamten. „Als ich gerade die Tiefgarage betrat, wurde ich Zeuge eines höchst merkwürdigen Zwischenfalls. Ein dunkelblauer Rover schoß, wie von der Sehne geschnellt, zuerst rückwärts aus einer Box und dann nicht minder eilig davon. Das Licht war ausreichend, um zwei Dinge zu erkennen: Kennzeichen und Insassen. Das Kennzeichen lautete EBX 708212, und bei den Insassen handelte es sich um zwei Männer mit übergroßen Sonnenbrillen sowie eine um sich schlagende, blonde junge Frau."
„Sagten Sie soeben ‚um-sich-schlagend'?" vergewisserte sich O'Lears.
„Ja. Was ich allerdings nicht erkennen konnte war, ob es sich beim Schlagen um ein Wehren handelte."
„Gab es noch andere Zeugen?"
„Leider nein. Obwohl ich zugeben muß, daß ich so was noch nie erlebt habe. Niemand kurvte herum, stieg aus oder ein. Aber ich habe noch ein weiteres Detail zur Hand, das eventuell dazugehören könnte: Die Tür eines roten Triumph stand offen, ohne daß weit und breit ein Fahrer oder eine Fahrerin zu sehen war."

„Haben Sie sich die Nummer des Triumph ebenfalls notiert?"
„Nein, aber ich weiß noch, daß die Reihenfolge der Buchstaben ALC lautete."
„Okay, Mister Clifton. Ich werde mich sofort um die Angelegenheit kümmern. Sobald ich etwas herausgefunden habe, melde ich mich bei Ihnen!"
Keiner von beiden ahnte, wie schnell das der Fall sein sollte . . .

Genau vier Stunden vor Perry Cliftons Beobachtung auf Deck A 4 der Tiefgarage, nämlich um 10 Uhr 02, betrat ein Gentleman höchst aufgeregt die Räume der 17. Polizeistation in der Market Street.
Er sah gepflegt aus und mochte so zwischen fünfzig und fünfundfünfzig Jahre alt sein.
„Bitte, Sir, was kann ich für Sie tun?" fragte Constable Millright freundlich.
„Ich möchte einen Diebstahl melden! Ich bin bestohlen worden!" stieß der aufgeregte Besucher heiser hervor. „Man hat meinen Wagen gestohlen! Fast neu war er, noch keine fünftausend Meilen!"
Constable Millright griff nach dem Formular, auf dem entsprechende Anzeigen protokolliert wurden. Dabei erkundigte er sich: „Stand das Fahrzeug in der Garage oder auf der Straße?"
„Weder noch. Es stand im Hof einer Wäscherei!"
„Und – war dieser Hof verschlossen?"
„Verschlossen? Nein . . . Nein, soviel ich weiß, gibt's da überhaupt kein Schloß."
„Wann bemerkten Sie den Diebstahl, Sir?"
„Vor einer halben Stunde . . ." Und weiter ereiferte sich der Bestohlene bitter: „Was ist das für eine Zeit? Eine Zeit,

in der man nichts mehr unbeobachtet oder unverschlossen lassen kann ... Wo gestohlen, geraubt und überfallen wird, ohne daß die Menschheit protestiert."

„Die Menschheit, Sir, protestiert schon, nur – es hilft wenig", gab Millright sanft zurück. Er wußte, wie man mit Bestohlenen umzugehen hatte.

„Um welches Fabrikat handelt es sich, Sir?"

„Um einen Rover ... einen dunkelblauen Rover. Noch keine fünftausend Mei..." Er verstummte verlegen und murmelte: „Das sagte ich ja schon ..."

„Befanden sich in dem Wagen irgendwelche Wertgegenstände? Kamera, Tonbandgerät oder ähnliches?"

„Na, hören Sie, so was würde ich doch niemals in einem geparkten Wagen liegen lassen!"

Als der Gentleman zwanzig Minuten später die Polizeistation verließ, schimpfte er noch immer vor sich hin, während er die Spitze seines Regenschirms im Rhythmus der Schritte aufs Pflaster knallte.

Wollte er zuerst nach einem Taxi winken, so überlegte er es sich plötzlich anders und setzte seinen Weg zu Fuß fort. Er tat, als wolle er damit jemand bestrafen ...

Perry Clifton staunte nicht wenig, als sich bei seiner Rückkehr in sein Büro Detektivinspektor O'Lears von seinem Schreibtischsessel erhob. Er schlug in die ausgestreckte Hand ein und scherzte: „Ich finde, Sie würden sich gut als mein Nachfolger machen."

O'Lears grinste, machte eine weit ausholende Armbewegung und gab seiner Bewunderung Ausdruck: „Sie leben hier in einer äußerst geschmackvollen Umgebung. Wenn ich da an mein nüchternes Polizeibüro denke, möchte ich direkt auf Ihr Angebot eingehen."

„Welches Angebot?"

„Das mit der Nachfolge . . .“
„Ich beeile mich zu versichern, daß es nicht ernst gemeint war!“ Beide lachten. Dann wurde O’Lears von einer Sekunde zur anderen ernst.
„Sie haben mit Ihrer Information ins Schwarze getroffen. So wie es aussieht, sind Sie Augenzeuge einer klassischen Entführung geworden.“
„Was Sie nicht sagen!“
„Der Sportwagen gehört Mabel McTaylor, der Tochter des sogenannten Fleischkönigs von Schottland. Ich habe mit der Mutter telefoniert. Sie wußte nur von einigen Besorgungen, die Mabel machen wollte. Übrigens, der Schlüssel des Triumph lag unter dem Wagen.“
„Und was ist mit dem Rover, Inspektor?“
„Ja, der Rover“, seufzte O’Lears, „der ist der Hauptgrund, weshalb ich hier bin: Es gibt ihn nicht!“
„Sie wollen damit sagen, daß es sich um eine gefälschte Nummer handelt? Oder um eine gestohlene?“
„Bei EBX 708212 handelt es sich um ein Taxi, Typ Mercedes.“ Perry Clifton ließ sich auf den Besucherstuhl fallen und begann nachzudenken. Nein, geirrt hatte er sich auf keinen Fall. Plötzlich durchzuckte ihn eine Idee: „Hören Sie, Inspektor, der Rover war ziemlich verdreckt. Schmutz könnte aus der Null eine Acht gemacht haben.“
O’Lears sah auf seinen Zettel, auf der die Autonummer notiert war.
„Sie meinen . . . dann würde das Kennzeichen 700212 lauten EBX 700212 . . .“ O’Lears nickte. „Darf ich mal?“ fragte er, während er zum Telefon griff.
„Drücken Sie den weißen Knopf, dann können Sie selbst wählen.“
Als nach acht Minuten der Rückruf kam, konnte man die Spannung im Zimmer förmlich knistern hören.

„. . . ist ein Rover, dunkelblau."

– – –

„Vor achtzehn Monaten angemeldet . . ."

– – –

„Aha, bitte Name und Adresse des Halters!"

– – –

„Ich notiere: Mike Bullert . . . Versicherungsagent . . . Woodcook Lane 11 in Islington! Okay, und vielen Dank!"

O'Lears strahlte Clifton zufrieden an. „Gratuliere zu Ihrem Einfall. Wenn es Ihre Zeit erlaubt, wäre ich Ihnen dankbar, wenn Sie mich begleiten würden."

„Es läßt sich einrichten", stimmte Perry Clifton zu. Er sah aber auch den skeptischen Zug um O'Lears Mund, und er deutete ihn richtig.

„Sie glauben natürlich ebensowenig wie ich, daß dieser Mike Bullert etwas mit der Entführung zu tun hat."

„Ich habe mir abgewöhnt, mit Wundern zu rechnen . . ."

Zu dritt standen sie vor der Tür mit dem Schild: MIKE BULLERT.

Perry Clifton, Detektivinspektor O'Lears und Constable Becksmith.

Ein melodiöser Sechstongong erklang, und wenig später öffnete sich die Tür.

Mißtrauisch und mürrisch wurden sie von einem äußerst gepflegten Gentleman zwischen fünfzig und fünfundfünfzig gemustert.

„Ja?"

O'Lears hielt ihm seine Dienstmarke entgegen und lächelte entschuldigend: „Sind Sie Mister Bullert?"

„Ja", nickte der Gefragte, und als habe er eine Erleuchtung, schlug er sich vor die Stirn.

„Sie kommen sicher wegen meines gestohlenen Wagens. Bitte, Gentlemen, treten Sie ein!"
Er trat zur Seite, und die drei Männer kamen der Aufforderung nach.
„Wo haben Sie ihn gefunden?" wollte Mister Bullert wissen, als sie dann zu viert zwischen Plüsch und Nußbaum standen.
Die Miene des Inspektors zeigte aufmerksames Erstaunen. Wie konnte ein halbwegs kluger Mann glauben, daß wegen eines gestohlenen Wagens gleich drei Beamte anrükken würden? Oder gab's das wirklich?
Aus einer Eingebung heraus sagte O'Lear: „Mister Bullert, Sie stehen in Verdacht, heute an der Entführung von Mabel McTaylor beteiligt gewesen zu sein."
In Bullerts Augen blitzte es kurz auf. Vorsicht! schien dieses Blitzen zu besagen.
Im Brustton gekränkten Stolzes entgegnete der Versicherungsmakler: „Entweder sind Sie unverschämt oder es handelt sich um einen geschmacklosen Scherz."
„Sehen wir aus, als kämen wir zum Scherzen?"
Bullert schluckte.
„Ich bin Versicherungsmann und kein Entführer!"
Perry Clifton tippte Bullert leicht an.
„Je länger ich Sie betrachte, um so mehr komme ich zu der Überzeugung, daß Sie dabeigewesen sein könnten."
„Ich verbitte mir solche infame Anschuldigungen!" zischte Bullert Perry Clifton entgegen. „Daß ich nicht dafür in Frage komme, können Sie der Tatsache entnehmen, daß man meinen Wagen gestohlen hat. Also können Sie mich auch nicht darin gesehen haben."
„Und Sie haben den Diebstahl natürlich angezeigt, nicht?" meinte der Inspektor.
„Natürlich!" äffte Bullert nach. „Heute morgen um zehn

Uhr habe ich Anzeige erstattet. Sie können gern nachfragen."
„Das ist nicht nötig, wir glauben Ihnen die Sache mit der Anzeige!"
„Na also, was wollen Sie dann noch von mir?"
„Ich würde sagen, wir wollen Sie mitnehmen, Mister Bullert."
„Mitnehmen?" Aus Bullerts Gesicht war alle Selbstsicherheit gewichen. „Warum mitnehmen?"
„Sie haben selbst zugegeben, daß Sie an der Entführung beteiligt gewesen sind. Und nun möchten Sie uns sicher gern erzählen, wo Sie und Ihr Komplize Mabel McTaylor versteckt halten . . . Gehen wir!"

Woraus schloß Inspektor O'Lear, daß Mike Bullert der gesuchte Entführer war?

Lösungen

nr. 1 *Ein Gauner spielte Mundharmonika*
Im Globus.

nr. 2 *Balduin Pfiff und der Dieb der feinen Düfte*
„Ich bin schließlich kein Idiot, der mitten im Sommer in Lederhandschuhen herumläuft!" hatte Sellke gesagt. Und was er als Entlastung meinte, war genau das Gegenteil. Da ihm der Fall total fremd war, er weder davon gehört noch gelesen hatte, durfte er ja auch nicht vom „Zeitpunkt" des Überfalls wissen.

nr. 3 *Stimmen aus dem Jenseits*
Wenn Monsieur Caro wirklich gerade erst von der Reise zurückgekommen wäre, hätte ihm die tatsächliche Rückkehr der Witwen fremd sein müssen, denn schließlich hatten diese, entgegen ihrem ursprünglichen Programm, eine Woche an ihren Ägyptenaufenthalt drangehängt.

nr. 4 *Rendezvous in der Lotosblume*
Wie hätte Frau Schiller alle die von ihr geschilderten Details erkennen können, wenn sie nur „geblinzelt" hatte?

nr. 5 *Nachtpost*

Als Briefschreiber kommen nur Herr oder Frau Gladewitz in Frage. Sie sind die einzigen, die den Weg vom Briefkasten zurück in ihre Wohnung in drei Sekunden schaffen können.

nr. 6 *Komplize mit Fliege*

Die beiden Täter hatten ihre Maskierung erst unmittelbar vor der Eingangstür der Bank vorgenommen. Da sich Alfred Willke jedoch bereits an der Tür befand, hätte er die beiden Männer auf alle Fälle beschreiben können. Daß er es nicht tat, überführte ihn.

nr. 7 *Balduin Pfiff und die Ballade vom Nachtwächter*

Singer hatte am Telefon von Schmuck gesprochen. Wie konnte er das wissen, wo sich der Nachtwächter doch aus Angst gar nicht aus seiner Loge bewegte.

nr. 8 *Treffpunkt Wendeboje*

Es war Christian Brugger. Er war der einzige, den Gabi zum Zeitpunkt der Tat noch nicht persönlich kennengelernt hatte.

nr. 9 *Wer hat Beverly Attley gesehen?*

Beverly beging gleich zwei Fehler.

Sie wollte weder „in ihrem Leben in Blackidge gewesen sein“, noch „kannte sie das verdammte

Bauernhaus". Beide geographischen Punkte wurden vorher nicht erwähnt.

nr. 10 *Perry Clifton und der Zwischenfall in der Tiefgarage*

Natürlich hätte Mike Bullert als wirklich Unschuldiger nie gewußt, daß die Entführung in seinem Wagen stattgefunden hat.

Spannende Detektivgeschichten in den Ravensburger Taschenbüchern